プロローグ

現実の女性に失望していた
キプロス島の王ピグマリオンは、
理想の女性であるガラテアを、彫刻《ちょうこく》で作った。
ピグマリオンは、ガラテア像を愛した。
そして、恋人《こいびと》に贈《おく》り物《もの》をするように、
像に美しい服を着せ、宝石《ほうせき》で飾《かざ》った。
しかし、ピグマリオンは、だんだんと、
動かない彫刻では満足できなくなっていった。
あるとき、ピグマリオンは、
女神《めがみ》アフロディーテにお願いをする。
「私が作った彫刻に生命を与《あた》えてください」と。

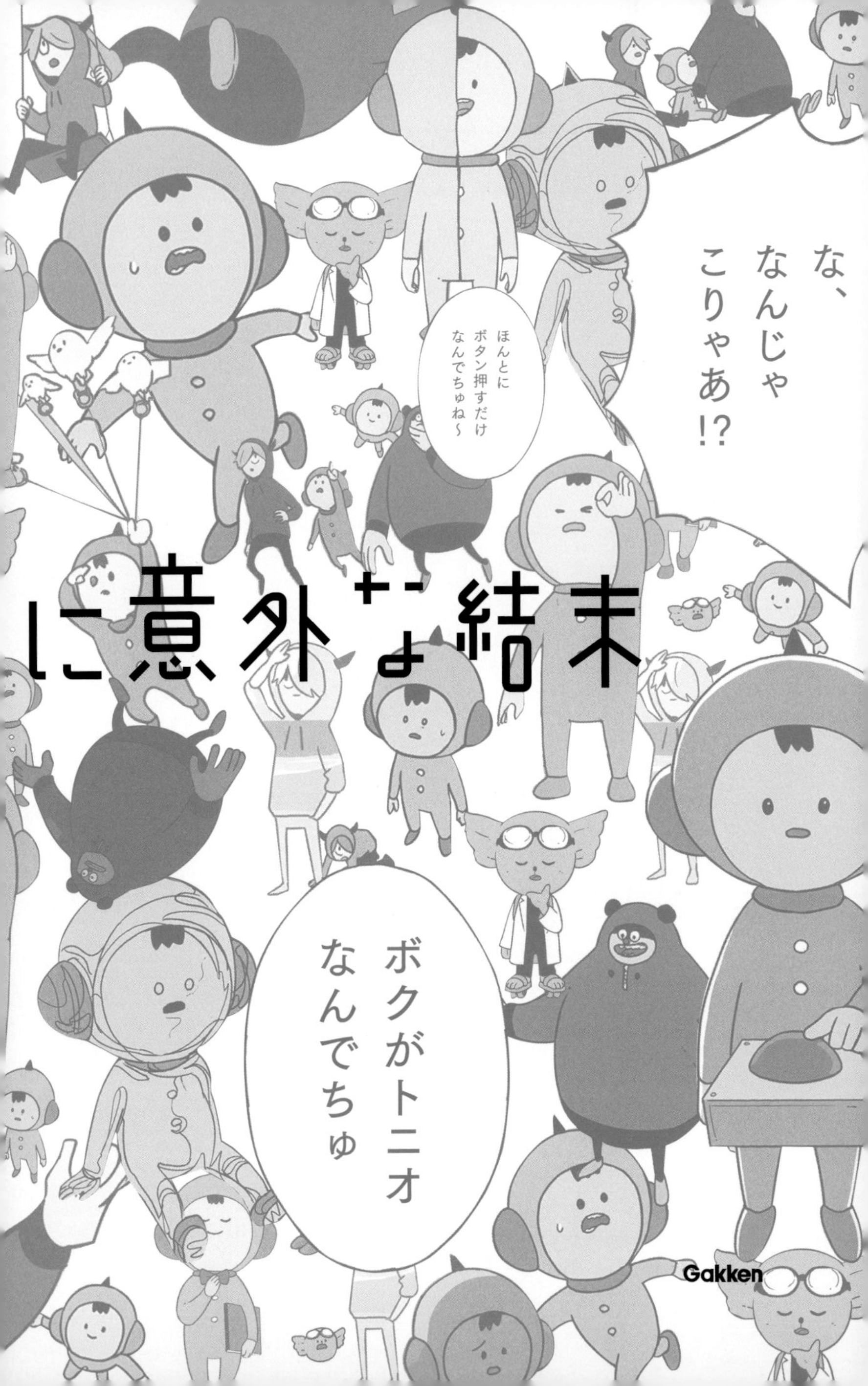
な、なんじゃこりゃあ!?
ほんとにボタン押すだけなんでちゅね～
に意外な結末
ボクがトニオなんでちゅ
Gakken

「5分後に意外な結末」シリーズ

5億年後

ピグマリオンの銀色の彫刻

菅原そうた 原作
usi 絵
桃戸ハル 構成

ピグマリオンがガラテアの身体に触《さわ》ると、
ほんのりと温かみが感じられた。
ピグマリオンの願いがかなえられ、
彫刻《ちょうこく》に生命が与えられたのだ。
動き、話すことができ、
生命の輝《かがや》きに満ちたガラテアを見て、
ピグマリオンは、かつての、
「現実の女性」に失望していた自分を恥《は》じた。
そして、ピグマリオンとガラテアは結婚《けっこん》した。

目次

contents

ブックデザイン・Ｓｉｕｎ
編集協力・高木直子

第1話

採用

ある発明家が、大手の自動車メーカーに、
彼が発明した新しい自動車を売《う》り込《こ》みにやってきた。
その自動車は、スピード、燃費《ねんぴ》、ブレーキなど、
あらゆる性能において、これまでの自動車とは
一線《いっせん》を画《かく》すものだった。
しかし、その自動車メーカーは、
その新しい自動車を採用しなかった。
なぜなら、その自動車は、運転するのが難《むずか》しかったからだ。
なんとか採用してもらおうと、
発明家は、自らが運転し、
テストコースを見事《みごと》に走りきった。
そのコースは、非常に難易度《なんいど》の高いコースで、
発明家の走りを見た自動車メーカーの担当者《たんとうしゃ》は、
歓声《かんせい》をあげ、すぐに採用を決めた。

こんな難しいコースを
こんなにもスムーズに
走るなんて…
即《そく》採用だ！

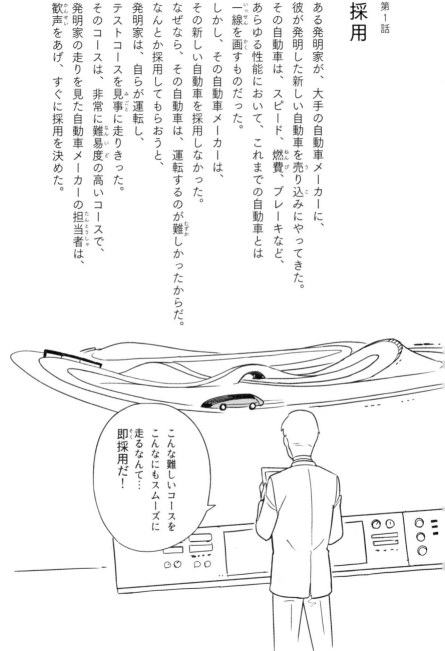

発明家は、
大手自動車メーカーの社員として迎《むか》え入れられ、
社長室に勤務《きんむ》することになった。
そして、「社長づきの運転手」として採用され、
社長が乗るリムジンを、
軽々《かるがる》と乗りこなしている。

いい運転手を見つけたな
あの難しいコースを、しかも、あんな運転の難しいクルマで見事に走りましたから、即採用《そくさいよう》しました

第2話

かけ算

2人の若手社員《わかて》にプロジェクトを任せた結果、
その2人がケンカばかりして、
プロジェクトは一向に進まなかった。
業《ごう》を煮《に》やした上司が、2人を呼《よ》びつけて言った。
「なぜ協力して進めないんだ！
キミたちの能力の高さは、
私がいちばん知っている。
キミたち2人が協力して進めれば、
『たし算』ではなく、『かけ算』にもなるだろう！」

力を合わせれば、
たし算ではなく、
かけ算になるだろう

「課長、お言葉を返すようですが！」
1人の若手社員が言った。
「僕ら1人は、1人力です。
たし算なら、1＋1で『2』ですが、
かけ算、つまり1×1は『1』です。
それなら、私1人でやっても、
同じってことですよね？
かけ算して『2』以上になるのは、
1人が1・5人力以上のときだけです。
それなら、1・5倍給料が欲《ほ》しいもんですよ」
もう1人の若手社員が食ってかかった。
「お前が1人力だって？
お前、何も仕事してないじゃないか。
0人力だろ？
課長、0《ゼロ》に何をかけたって
0なんですよ」

第3話

犬を飼《か》う

80歳《さい》の誕生日《たんじょうび》に、同居《どうきょ》している息子夫婦、
そして、孫たちが、お金を出しあって、
子犬をプレゼントしてくれた。
「ハチ」に「ワン」を足して、「キュウ」と名づけられた
その小さな柴犬《しばいぬ》の世話をし、散歩に連れていくのは、
もっぱら私の役割《やくわり》となった。
おそらく、犬の世話をし、散歩に連れて行くことで、
私が家に引きこもることもなくなり、
運動にもなると考えたのだろう。
私は、家族のさりげない気遣《きづか》いに涙《なみだ》した。
その日、家族には内緒《ないしょ》で、皆《みな》へのお礼を買いに出かけた。
思いのほか、帰宅《きたく》が遅《おそ》くなってしまったため、
私は、静かに家に入り、そっとリビングをのぞいてみた。
そこには、私以外の家族全員が勢《せい》ぞろいしていた。

孫の一人が、
どうやら私のものらしい靴下《くつした》を
指でつまみながら
キュウの鼻先《はなさき》にかかげ、
そして、言った。

キュウ、よくかげ！これが、おじいちゃんのニオイだぞ！
おじいちゃん、もうボケはじめてるから、どこかに行っちゃったのかもしれない。
こんなときのために、お前を飼《か》っているんだからな！

第4話

決断

私は、天才と言われた発明家だった。
そして、とある自動車メーカーに採用された。
しかし、それは、発明品の採用ではなく、
社長つき運転手としての、私の採用だった。
最初、私は、社長をうらんだ。
しかし、今では、感謝をしている。
「私の運転技術」を評価してくれたのだから。
この社長が乗るリムジンは、運転が難《むずか》しい。
「このクルマを運転できるのは、自分しかいない」
とさえ、思っている。
私は、今の仕事に誇《ほこ》りを持っている。
そんな私に、後部座席《ざせき》に乗る社長が
やさしい口調《くちょう》で、声をかけてくれた。

キミの仕事ぶりには、いつも感謝しているよ。そのお礼と言うわけではないんだが…

社長は、隠《かく》していた宝物《たからもの》を披露《ひろう》するような、
やや自慢気《じまんげ》で、そして、
恩着《おんき》せがましい口調で続けた。
「昨日、キミが休んでいるときに、
このクルマに、最新機能の自動運転装置《そうち》を
取り付けたんだ。
だって、このクルマ運転が難しいだろ?
ほら、そこの赤いボタンを押《お》せば、
寝《ね》ていても、目的地に運んでくれるんだ……」
私は目にたまった涙《なみだ》をふき、
自動運転アシストを解除《かいじょ》し、
思いきり、アクセルを踏《ふ》みしめた。

実はな、今日も、運転アシスト装置を起動させているんだ。運転しやすいと思っただろ?
それ、キミの運転技術のおかげじゃないぞ。間違《まちが》うなよ

第5話

夫婦の老後

結婚《けっこん》して何年かすると、妻は、
夫から空気のような存在《そんざい》として扱《あつか》われはじめた。
妻が、結婚生活で夫から受けた冷たい仕打ちに対して、
いつか復讐《ふくしゅう》しようと考えたのも不思議《ふしぎ》ではなかった。
しかし、当の夫は、結婚生活も数十年が経《た》った今では、
物忘《ものわす》れがひどくなり、自分がしてきた所業《しょぎょう》など、
すっかり忘れてしまっていた。

かつての夫の冷たい仕打ちに、
暗い復讐《ふくしゅう》の炎《ほのお》を燃やした妻も、
最近では、夫と同様に物忘れがひどくなり、
昔、夫にされたことなど、
すっかり忘れてしまっていた。
そして、今では、お互《たが》いに、
「空気」のような、気にならないけれど、
なくてはならない、
仲むつまじい夫婦に戻《もど》っていた。

おじいさん、やだよ〜。あのときのあれは、ほれ、あの人にあれしたじゃない

第6話

完成した傑作《けっさく》ミステリー

スランプに陥《おちい》っていたミステリー作家が、
ついに自身の最高傑作といえる
推理《すいり》小説を書き上げた。
魅力的《みりょくてき》なキャラクターたち、
彼らが繰《く》り広《ひろ》げる、ウィットに富んだ会話、
不可能を可能にする、大胆《だいたん》かつ巧妙《こうみょう》なトリック、
物語の最後の最後に明らかになる
あまりにも意外な犯人と、その動機。
すべてが完璧《かんぺき》だった。
日頃《ひごろ》、冷たい対応の編集者も、涙《なみだ》を流した。
あとは本になるのを待つだけ。
作家は、本が書店に並《なら》ぶ日を待った。

先生が
復活することを
私は、信じていました!
この原稿《げんこう》が本になって
書店に並ぶ日を
楽しみにしていてください!!

本の発売当日、作家は、書店におもむき、
小説のコーナーに足を運んだ。
店頭には、彼の傑作《けっさく》ミステリーが、
うず高く積まれている。
彼は、そのうちの1冊《さつ》を手に取り、
数枚、ページをめくったところで、
ショックのあまり失神《しっしん》した。
彼が失神する前に開いていたのは、
登場人物紹介《しょうかい》のページであった。

早乙女郁馬《さおとめいくま》：本書の主人公。比類なき人間観察力、発想力、論理力で多数の事件を解決してきた私立探偵。ウィットに富んだ会話と、その端正《たんせい》な容姿《ようし》で、女性からも絶大な人気を得ている。しかし、実は、**本書で起こる連続殺人事件の犯人。**

第7話 魔神《まじん》の願い

魔神は、自分をランプから解放してくれたその男の子に感謝していた。久しぶりに地上に現れた魔神には、友人がいなかったため、男の子と仲よくなりたいと思った。だから、男の子の願いを、「1つ」だけではなく、いくつでもかなえ続けた。そうすることで、男の子に気に入ってもらい、親友になりたいと考えたのだ。魔神の力で、多くのものを手に入れた男の子があるとき言った。

いろいろな願いをかなえてもらったけど、まだ手に入れていないものがあるんだ。
その願いをかなえてもらえる?
私に、かなえられない願い、手に入れられないものはございません。
さぁ、願いを言ってごらんなさい

男の子は、少し恥《は》ずかしそうな顔をすると、
はっきりとした口調《くちょう》で言った。
「僕、『親友』がほしいんだ。
やさしくて信頼《しんらい》できる『親友』をだして！」
魔神は、少し考《かんが》え込《こ》むと、
自らの姿《すがた》を煙《けむり》で包んだ。
数分後、その煙が晴れると、
そこには魔神の姿があった。
きょとんとした表情の男の子が言った。
「ねぇ、早く。早く親友を出して！」
ふたたび魔神の姿が煙に包まれた。
数分後、煙が晴れたときには、
男の子の前からは、魔神もランプも消えていた。

第8話

コンビニ強盗《ごうとう》

「今すぐ、レジの中のお金を
全部、この袋《ふくろ》に詰《つ》めろ！」
白昼堂々《はくちゅうどうどう》、コンビニに強盗が現れた。
そのあたりは、人通りの少ない住宅街で、
むしろ、昼間のほうがお客は少ない。
そのときも、店内には、
店員以外、誰もいなかった。
「助けを呼ぼうとするなよ。
変な動きをしたら、
命の保証《ほしょう》はしないぞ！」
ナイフをつきつけられた店員は、
ただ強盗の言いなりになるしかなかった。

「清掃中《せいそうちゅう》」の張り紙をして、自動ドアのスイッチも切ってあるから、誰《だれ》も入ってこないぞ!!

そのとき、外から、
キキキーッと、タイヤがきしむ音が聞こえ、
それと、ほぼ同時に、
ガラスが割《わ》れる音とともに、
大きな物体が店内に飛《と》び込《こ》んできた。
それは、大きなリムジンであった。
大きな車体の先は、
コンビニのレジにまで到達《とうたつ》し、
はねとばされた強盗は、
壁際《かべぎわ》で失神している。
リムジンの中では、運転手が、
号泣《ごうきゅう》しながら、わけのわからない言葉を
叫《さけ》んでいた。

チキショー！
社長も道連《みちづ》れにしてやる
つもりだったのに、
チキショー!!

第9話

引《いん》退《たい》

かつては、「ランナーがいなくても敬遠《けいえん》される」
とまで言われるほどに、
その打撃力《だげきりょく》を敵《てき》チームから恐《おそ》れられた
野球選手が引退を決意した。
今、その選手には、かつてのような打撃力はない。
しかし、連続試合出場の記録も更新中《こうしんちゅう》だったため、
監督《かんとく》が気を使って、起用し続けてくれていた。
自分が現役《げんえき》を続ける限り、
監督は、自分を出場させようとするだろう。
それは、プロとしてのプライドが許さない。
野球選手は、マスコミに引退の意志を表明した。
翌日《よくじつ》から続々と、多くのファンから手紙が届《とど》いた。
どの手紙にも、「引退を撤回《てっかい》してくれ」という、
悲痛《ひつう》な願いがつづられていた。

その野球選手は、引退《いんたい》を撤回《てっかい》した――。

引退撤回を聞いた、
多くのファンたち――
その野球選手が所属するチーム以外の
チームのファンたちは、
ほっと胸《むね》をなでおろし、思った。
「よかった。引退を撤回してくれた。
打てないのに試合に出続けている、
あんな都合《つごう》のいい選手が引退したら、
勝敗にも影響《えいきょう》してしまうからな…」
選手のもとに届いたファンレターが、
ライバルチームのファンからのものだとは、
その選手は、想像もしていなかった。

第10話

ファンたち

人気小説シリーズのイラストを担当《たんとう》するイラストレーターの自宅のチャイムが鳴った。
ドアを開けてみると、そこには、
3人の子どもが無邪気《むじゃき》な笑顔をうかべていた。
「ねぇ、サインちょうだいでちゅ！」
そう言って、子どもの一人が、紙を手渡《てわた》した。
――なぜ、この家がわかったのだろう？
しかし、イラストレーターは、
笑顔で指示された箇所《かしょ》にサインし、
それを子どもたちに返した。
大喜びする子どもたちの様子は、
少し大げさと思えるほどであった。

トニオ、ストック、ドッコイ（以下「甲」という）とｕｓｉ（以下「乙」という）は、以下のとおり、執筆に関する契約に合意する。

第１条　乙は、甲を主人公とした作品を執筆し、主人公たちを世界的なキャラクターに成長させるために、とにかく頑張ることを約束する。

第２条　第１条を実現するために、乙は、甲の指示に異議を唱えず、また、労働の対価を要求せず、とにかく頑張りまくることを約束する。

さぁ、さっさと描《か》きやがるでちゅ!!
ボクたちに逆らったら、命の保証はできないでしゅ!
うわー!!
ズカーン
かっこよく描けよな!!
ひぃぃぃ
う〜ん…
…モノクロなんて、貧乏《びんぼう》くさいでちゅ カラーで描くでちゅ
!
そ、それはコストがかかるし編集さんに聞いてみないと…
今すぐ、編集のケータイに電話するでちゅ
コイツらをどうにかしてもらわないと…
おかけになった番号は現在使われておりません
……?
あ、あれ…編集さんにつながらない…

ニヤリ
カチャ
!?
ボクたちに逆らったら、編集さんに会えるでちゅけど…
そんなに会いたいでちゅか？
あの編集者、命ごいがみじめだったでちゅ
ひいいい

5億年後に意外な結末

もう母ちゃんの手伝いにも飽《あ》きちまったよー 1回50円だぜ!?
ボクもでちゅー
どっかに楽で時給いいバイトとかねーのかな？
ドッコイ（5）
トニオ（5）
ストック（5）
それなら、ひとつ話があるぞ…
イノウエ博士！
いい話かどうかは分からないんじゃが…
イノウエ博士（天才科学者）

一瞬《いっしゅん》で
100万円
稼《かせ》げる
バイトじゃ
一瞬で…
100万…
まじかよ
やべー仕事
なんじゃ
ねーの？
…ボタンを押《お》す
ポチ
たったそれだけじゃ

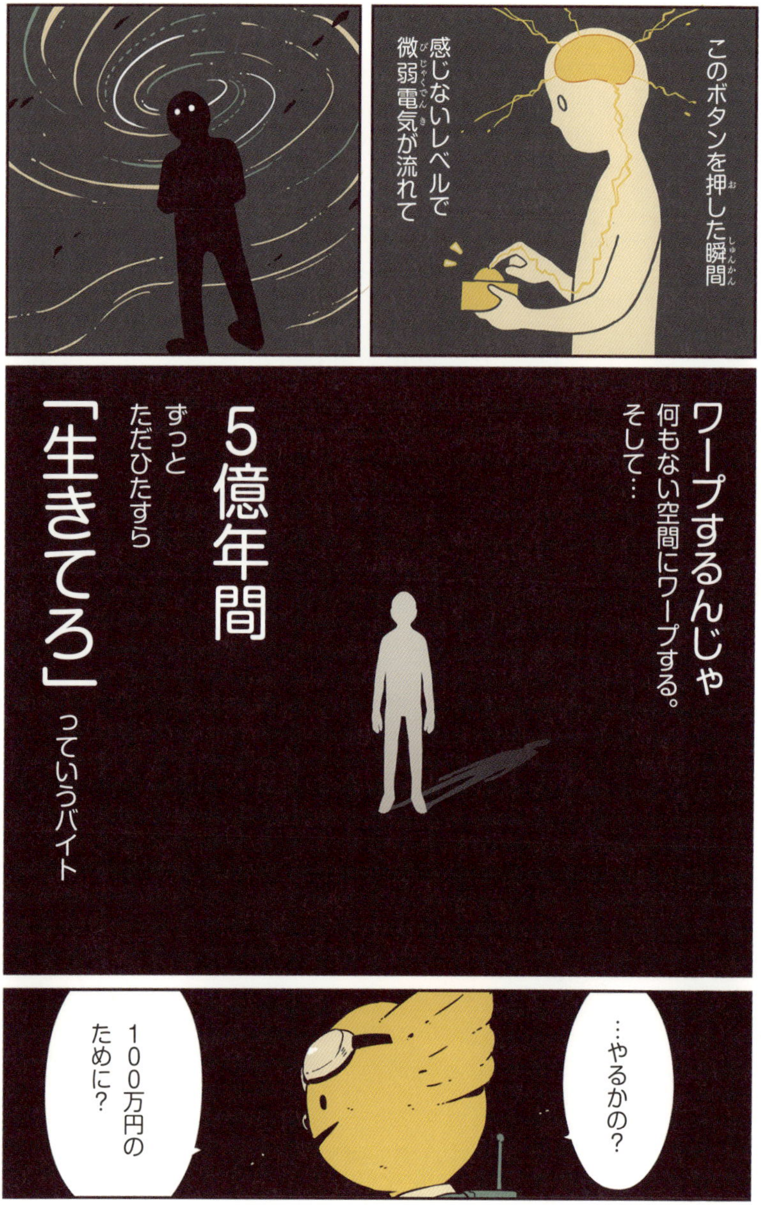

このボタンを押《お》した瞬間《しゅんかん》
感じないレベルで
微弱電気《びじゃくでんき》が流れて
ワープするんじゃ
何もない空間にワープする。
そして…
5億年間
ずっと
ただひたすら
「生きてろ」
っていうバイト
…やるかの?
100万円のために?

ほんとーに
何もない
空間なんじゃ
ただ、
意識は
ハッキリしてて
眠《ねむ》ったり
死んだりは
できないの
でも、終わった瞬間に
元《もと》の「やる」って言った場所で
元の状態に戻《もど》れるの。
時間も体も
元の状態。
記憶《きおく》も消されて…
え、なに？
もう
終わったの？
とか言えるくらい
5億年分の記憶が消されるの
つまりその人にとっては
ボタンを押すだけで
100万じゃん！
ラッキー
一瞬で100万を稼《かせ》ぐ気分
でもやってる最中は…
5億年という時間は…
ホントに長いぞ

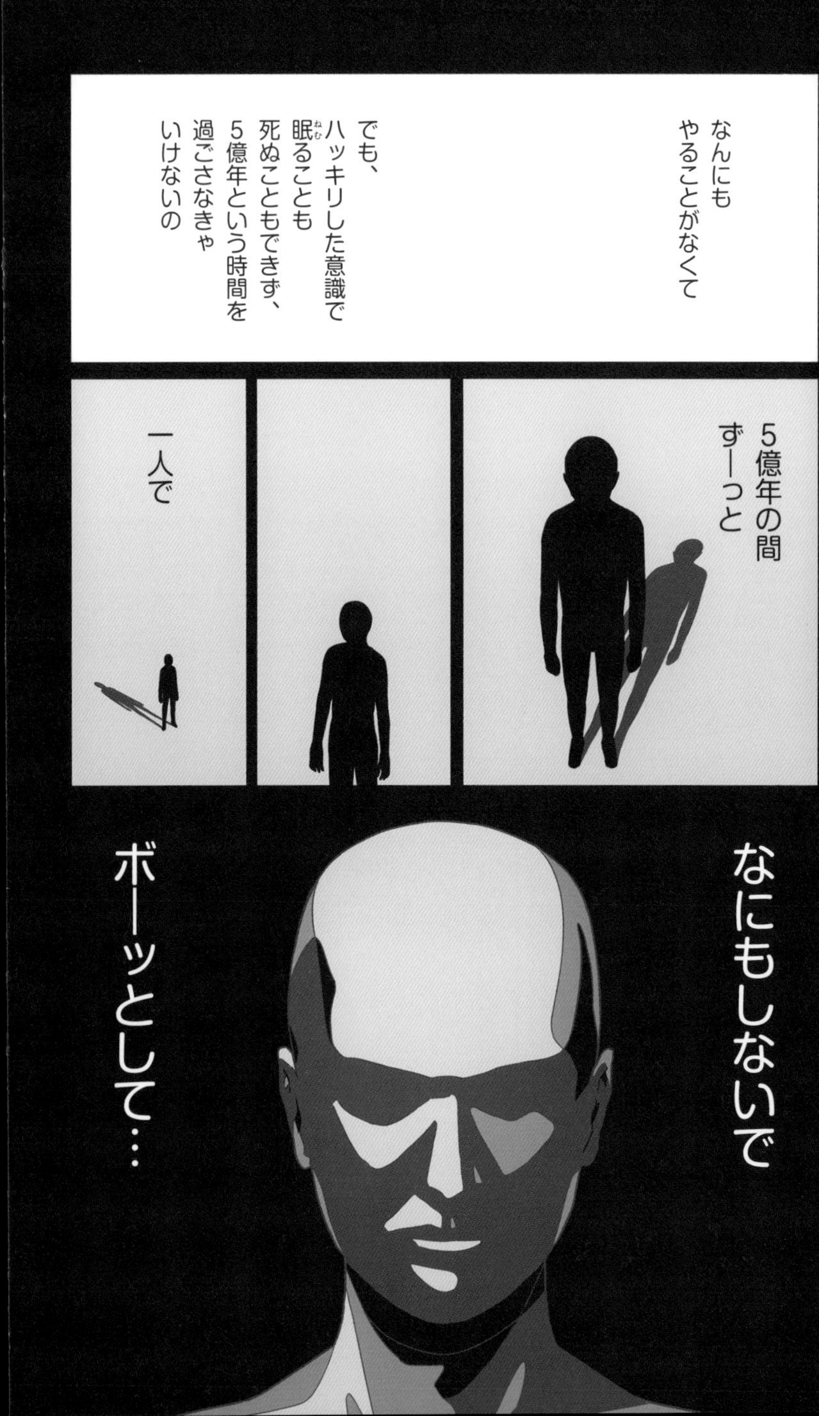

なんにも
やることがなくて
でも、
ハッキリした意識で
眠《ねむ》ることも
死ぬこともできず、
5億年という時間を
過ごさなきゃ
いけないの
5億年の間
ずーっと
一人で
なにもしないで
ボーッとして…

でも、終わった瞬間《しゅんかん》、記憶が消されて元《もと》の状態
それで
ひゃくまん！
実際には一瞬で100万円を稼《かせ》ぐ状態
っていうバイトがあるんじゃが…
やるかの？

…んじゃ、俺《おれ》、やりますわ！
まじ!?
5億年だぞ!?
…
…わかった
今、ここにそのボタンがある
本当にやるんじゃな？
一瞬《いっしゅん》で100万だぜ!? ぜってーやるだろそりゃ！
本気だ…
これを押《お》すと始まるのか？

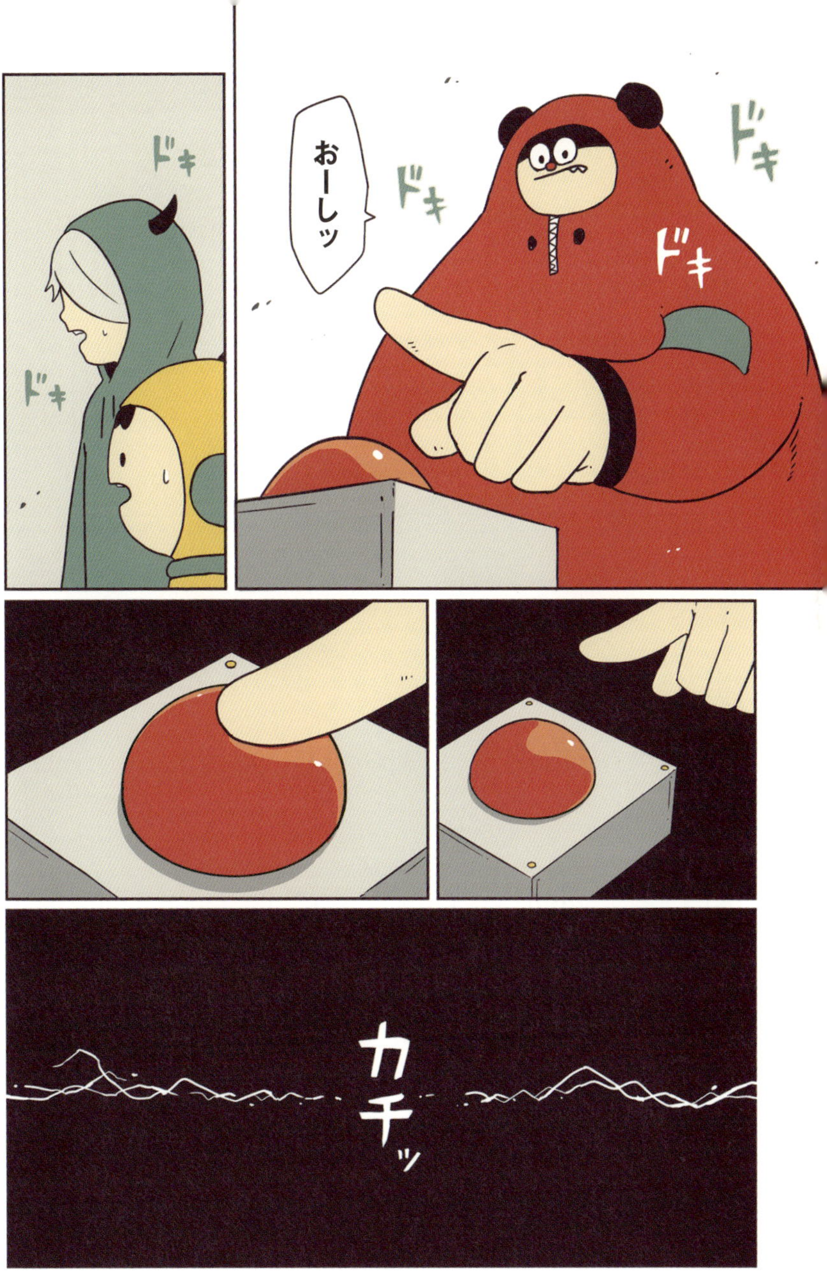
ドキ
おーしッ
ドキ
ドキ
ドキ
ドキ
カチッ

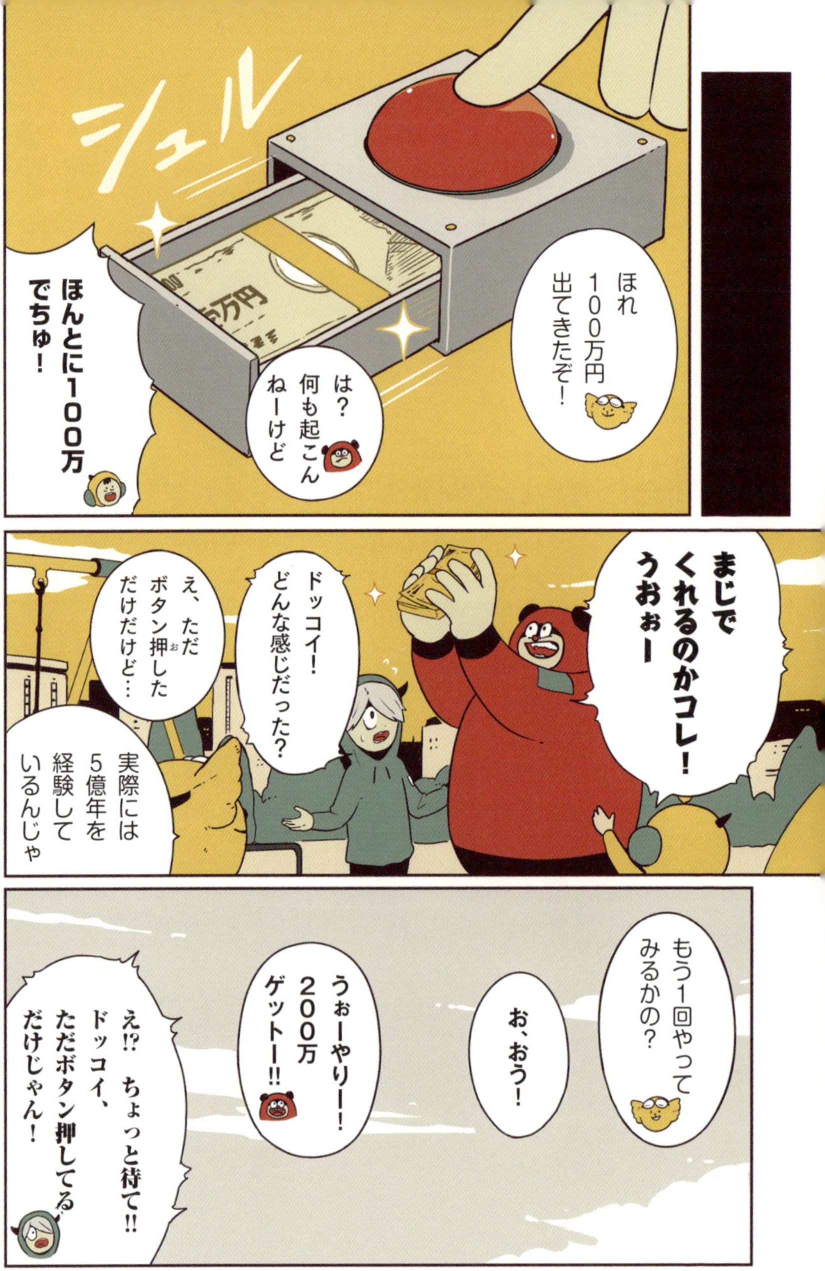
シュル
ほれ100万円出てきたぞ!
は? 何も起こんねーけど
ほんとに100万でちゅ!
まじでくれるのかコレ! うおぉー
ドッコイ! どんな感じだった?
え、ただボタン押《お》しただけだけど…
実際には5億年を経験しているんじゃ
もう1回やってみるかの?
お、おう!
うぉーやりー!! 200万ゲットー!!
え!? ちょっと待て!! ドッコイ、ただボタン押してるだけじゃん!

ずるいでちゅー！
二百万だぜー!!
ボクもやるでちゅー！
これを押すだけでちゅよね…
そうじゃ
まずは、100万でちゅ♪
カンタンでちゅ

カチ
何も起こらない
と思った
ピリ

その瞬間《しゅんかん》

パッ
これって…
まさか…

5億年スタート

……
やばいでちゅ…
やっぱこうなるんでちゅか…
5億年でちゅか…
最初のうちは周りをうろついたり
走って出口を探《さが》したりしていたが…
タタタ
うそでちゅよね？
トニオの5億年の認識《にんしき》は、全然あまかった

はぁはぁ
出口どこに
あるんでちゅか!
どこまで
いっても同じ景色《けしき》
があるだけでちゅ!
タタタタ
トニオは
走り続けた
ハァ
ハァ
疲《つか》れたら休み
また走った
……
結局、3日走ったところで
「出口などない」という
簡単《かんたん》な事実が
ようやくわかった

あわわわ
ワケわかんないでちゅよ…
何が起こったんでちゅ？
パパとママは
心配してるんでちゅか？
ボク、これから
どうすれば
いいんでちゅか…？
帰りたい
でちゅ
家族のことや
友だちのことを考えながら、
最初の１週間を過ごした
３ヵ月後――
５億年という時間の
途方《とほう》もなさに
気がつき始める
お腹《なか》も
減らないし
特に苦しくも
ないが…
漠然《ばくぜん》とした
恐怖《きょうふ》が襲《おそ》ってくる

なんか
さみしくて
遠くを見て
これからの
生活を
悔《く》やむ
半年後
…ケン
ポン
あ…
左手の勝ち
「ひとりじゃんけん」を開発。
この場所で前向きに
生きようと努力。
ジャーン
ケーン…
「ひとりでできること」を
コンセプトに
時間つぶしを
追求しまくっていた

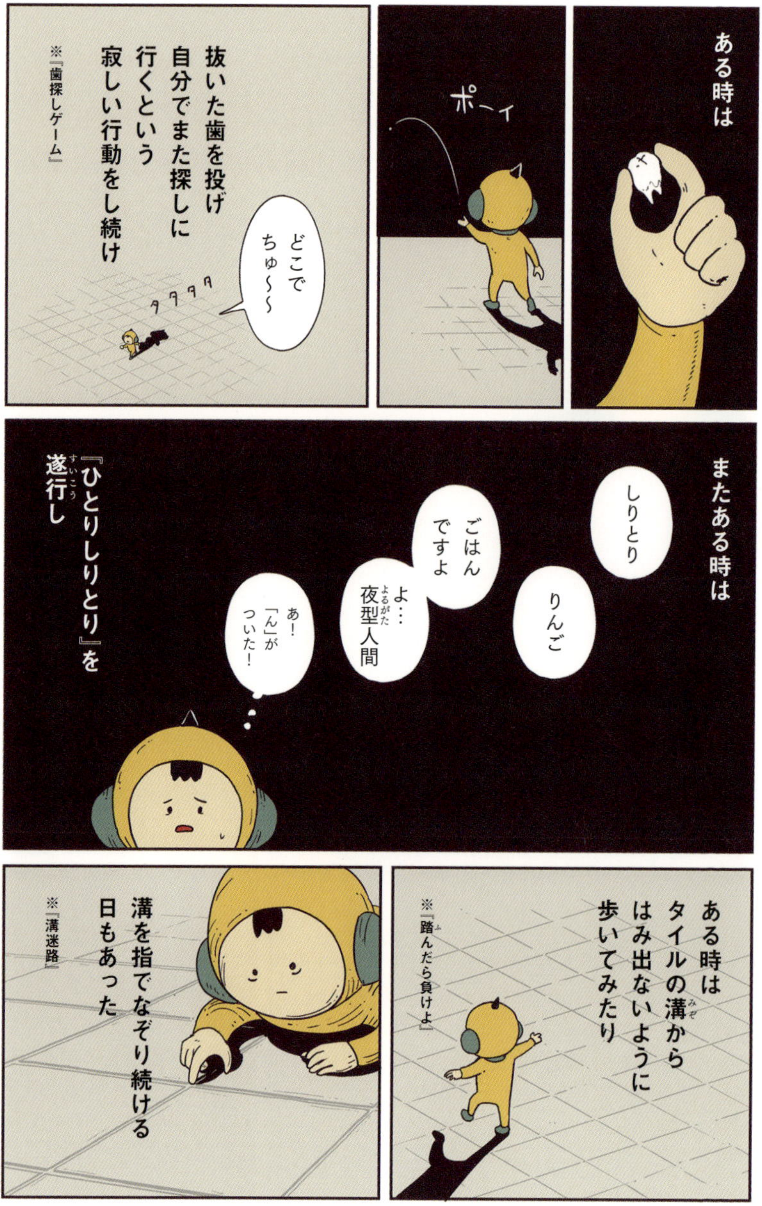
ある時は
ポーイ
抜いた歯を投げ自分でまた探しに行くという寂しい行動をし続け
どこでちゅ〜〜
タタタタ
※『歯探しゲーム』
またある時は
しりとり
りんご
ごはんですよ
よ…夜型人間《よるがたにんげん》
あ！「ん」がついた！
『ひとりしりとり』を遂行《すいこう》し
ある時はタイルの溝《みぞ》からはみ出ないように歩いてみたり
※『踏《ふ》んだら負けよ』
溝を指でなぞり続ける日もあった
※『溝迷路』

毎日とにかく暇《ひま》をつぶす。
何かをしてないと本当に
やることがない。
頭が変になってしまう。
飽《あ》きては開発し
飽きては開発しを
何度となく繰《く》り返《かえ》した
そして1年後・・・
トニオ様〜

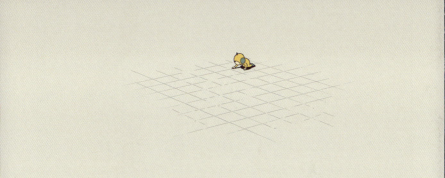

行き着いたのが、
妄想《もうそう》ワールド
わたしと遊びましょ〜
いえ、わたしとですよね？
もう困っちゃうでちゅよ〜
そんなこと言わないで〜
トニオ様〜
モテる男はツライでちゅね〜
これはしばらく続けていたが虚《むな》しいだけだった
その後、40年——

トニオは
何もしなくなっていた
何度となく、ボタンを押《お》した
自分の愚《おろ》かさを後悔《こうかい》する。
現実世界で生きていた時間より
こっちで生活している
時間のほうが
圧倒的《あっとうてき》に長くなっている
もう十分、
途方《とほう》もない
長い時間の
つらさが分かった…
姿《すがた》は変わらないが
40年生きてきた

そして
ここに来てから
100年経過

……
…だいぶ長いこと…
…生きた…でちゅ…
…………
…あと…何年くらい
…こうしてれば
…いいんでちゅ…
……
……
あと、
４９９９９９００年
がんばれトニオ

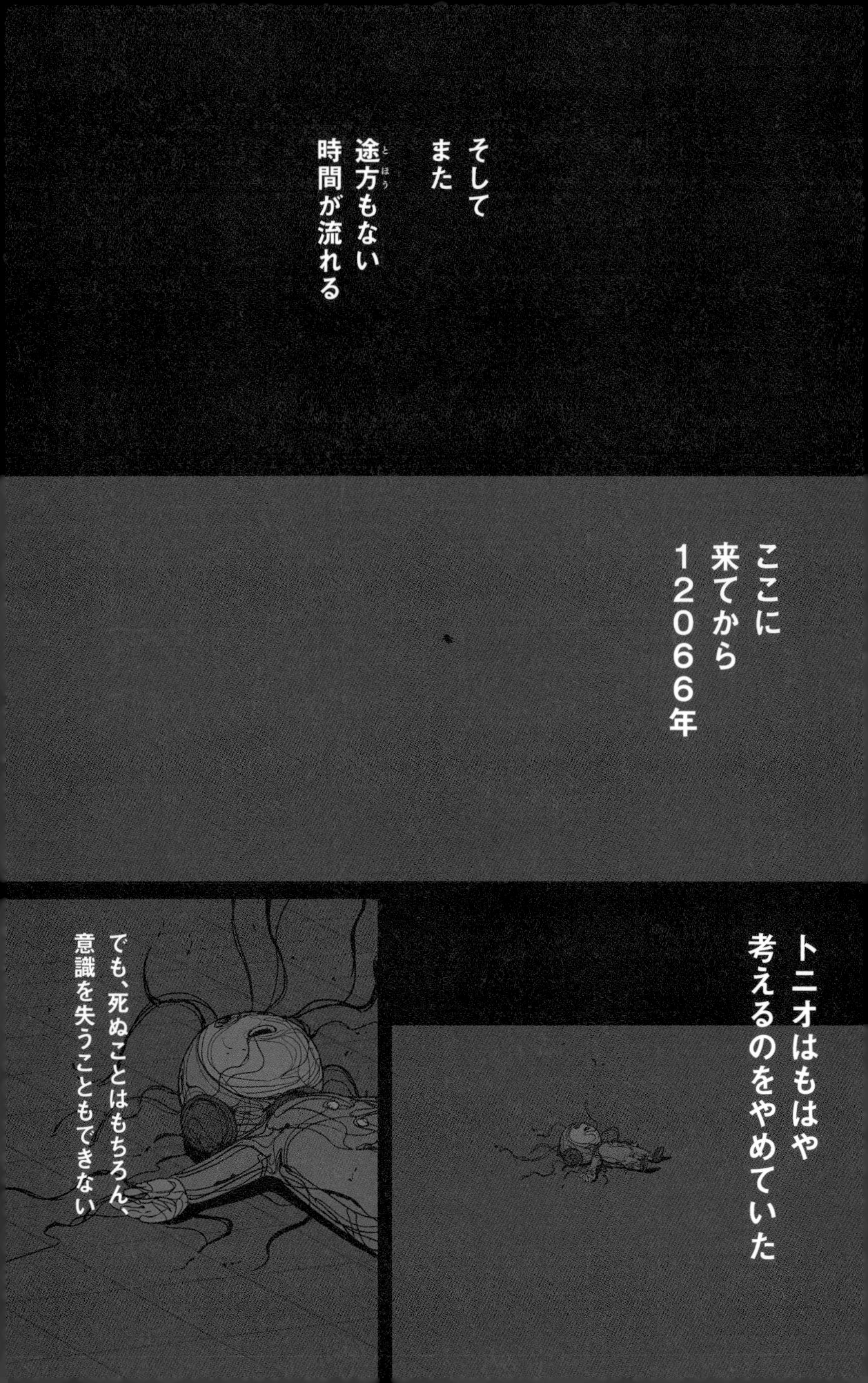
そしてまた途方《とほう》もない時間が流れる
ここに来てから12066年
トニオはもはや考えるのをやめていた
でも、死ぬことはもちろん、意識を失うこともできない

１２０６６年間
時間を１秒１秒
じっくり認識《にんしき》させられながら
生きている
また、限りない時間が流れる

504万9272年目のある日
突然《とつぜん》、トニオの頭に
哲学的《てつがくてき》な疑問《ぎもん》が走った
ガバ

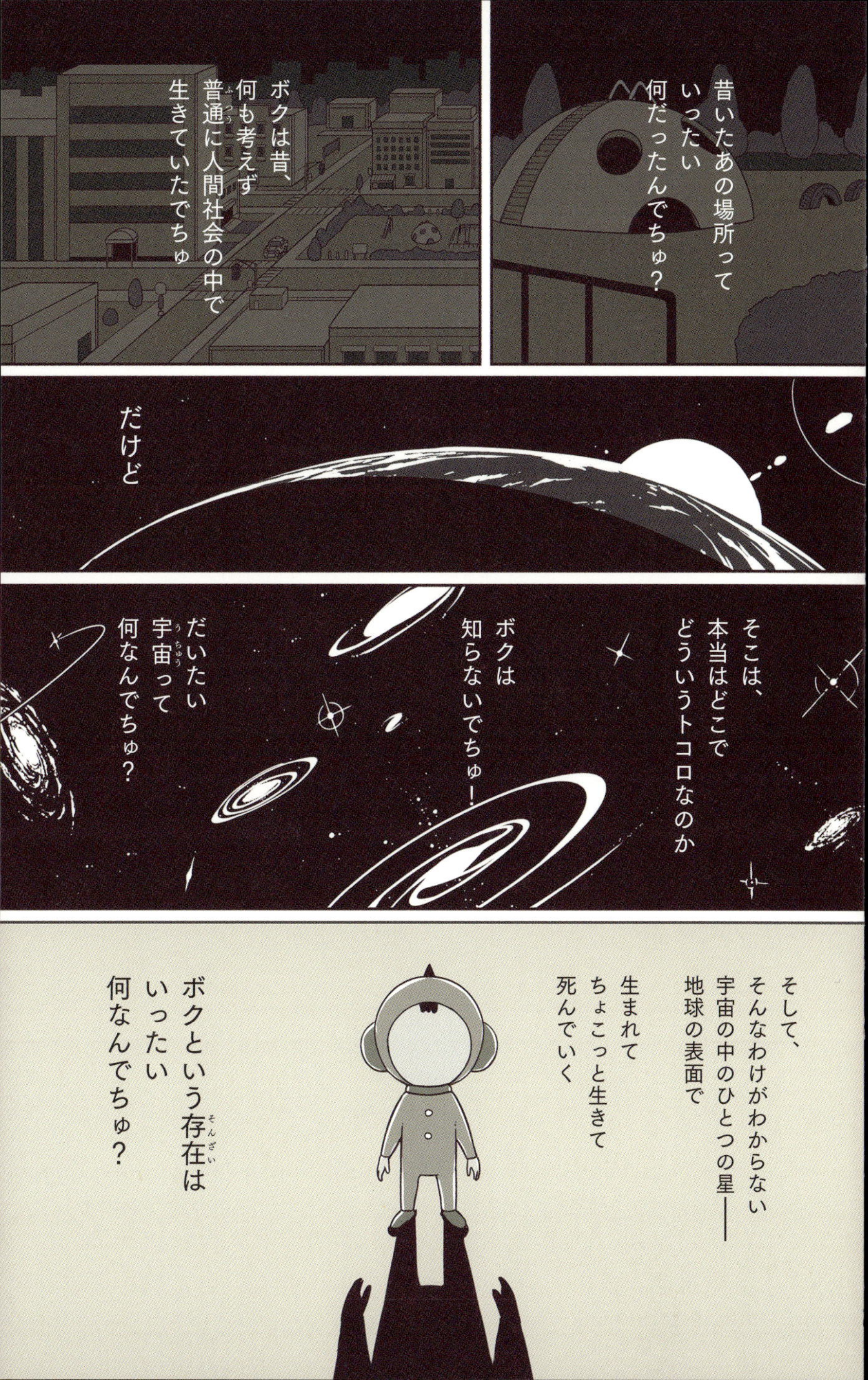

昔いたあの場所って
いったい
何だったんでちゅ？
ボクは昔、
何も考えず
普通《ふつう》に人間社会の中で
生きていたでちゅ
だけど
そこは、
本当はどこで
どういうトコロなのか
ボクは
知らないでちゅ！
だいたい
宇宙《うちゅう》って
何なんでちゅ？
そして、
そんなわけがわからない
宇宙の中のひとつの星——
地球の表面で
生まれて
ちょこっと生きて
死んでいく
ボクという存在《そんざい》は
いったい
何なんでちゅ？

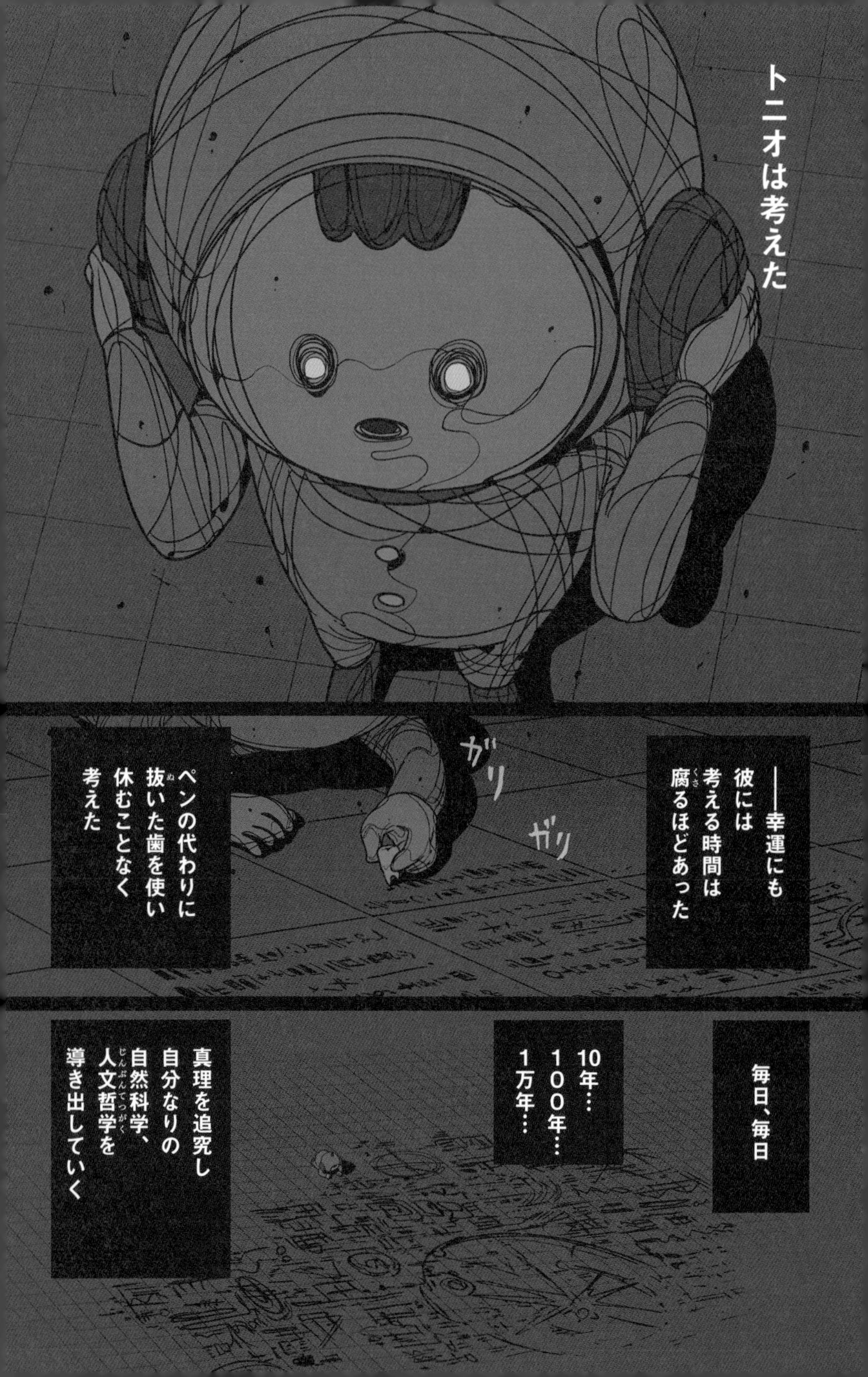
トニオは考えた
——幸運にも
彼には
考える時間は
腐《くさ》るほどあった
ガリ
ガリ
ペンの代わりに
抜《ぬ》いた歯を使い
休むことなく
考えた
毎日、毎日
10年…
100年…
1万年…
真理を追究し
自分なりの
自然科学、
人文哲学《じんぶんてつがく》を
導き出していく

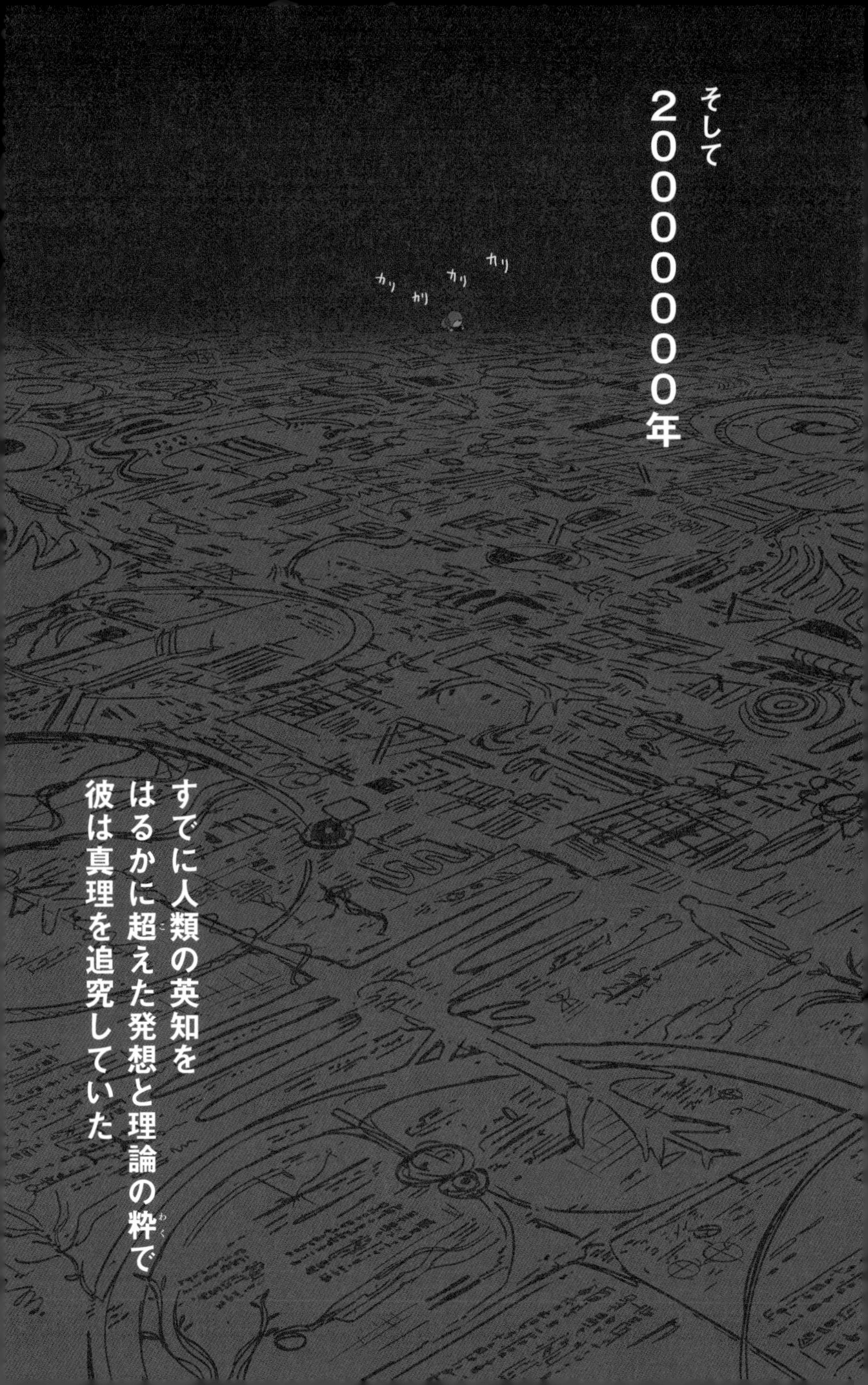
そして
20000000年
カリ
カリ
カリ
カリ
すでに人類の英知を
はるかに超《こ》えた発想と理論の枠《わく》で
彼は真理を追究していた

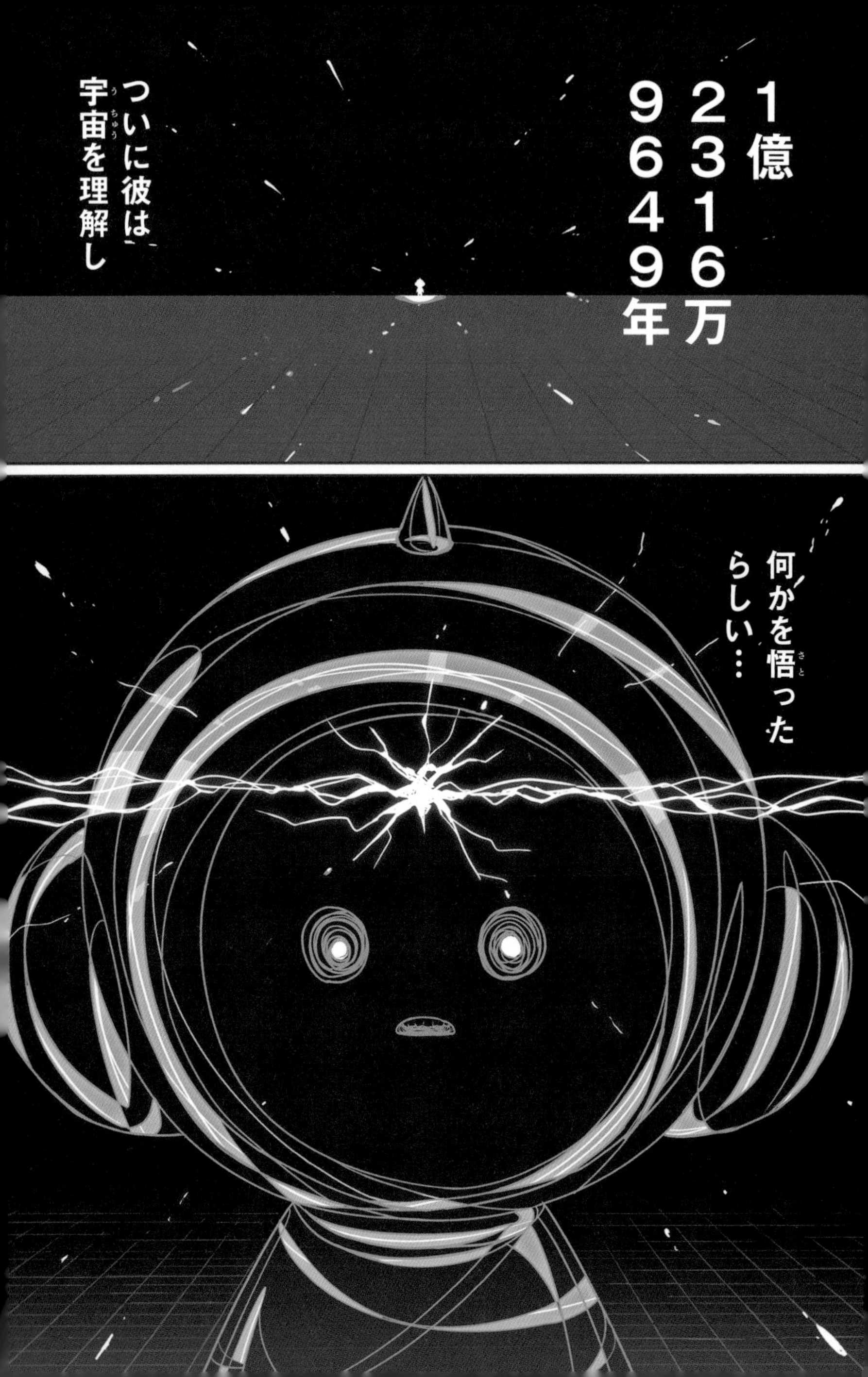
1億2316万9649年
ついに彼は宇宙《うちゅう》を理解し
何かを悟《さと》ったらしい…

そして
３億７６８３万３５１年目に

彼は空間と調和した

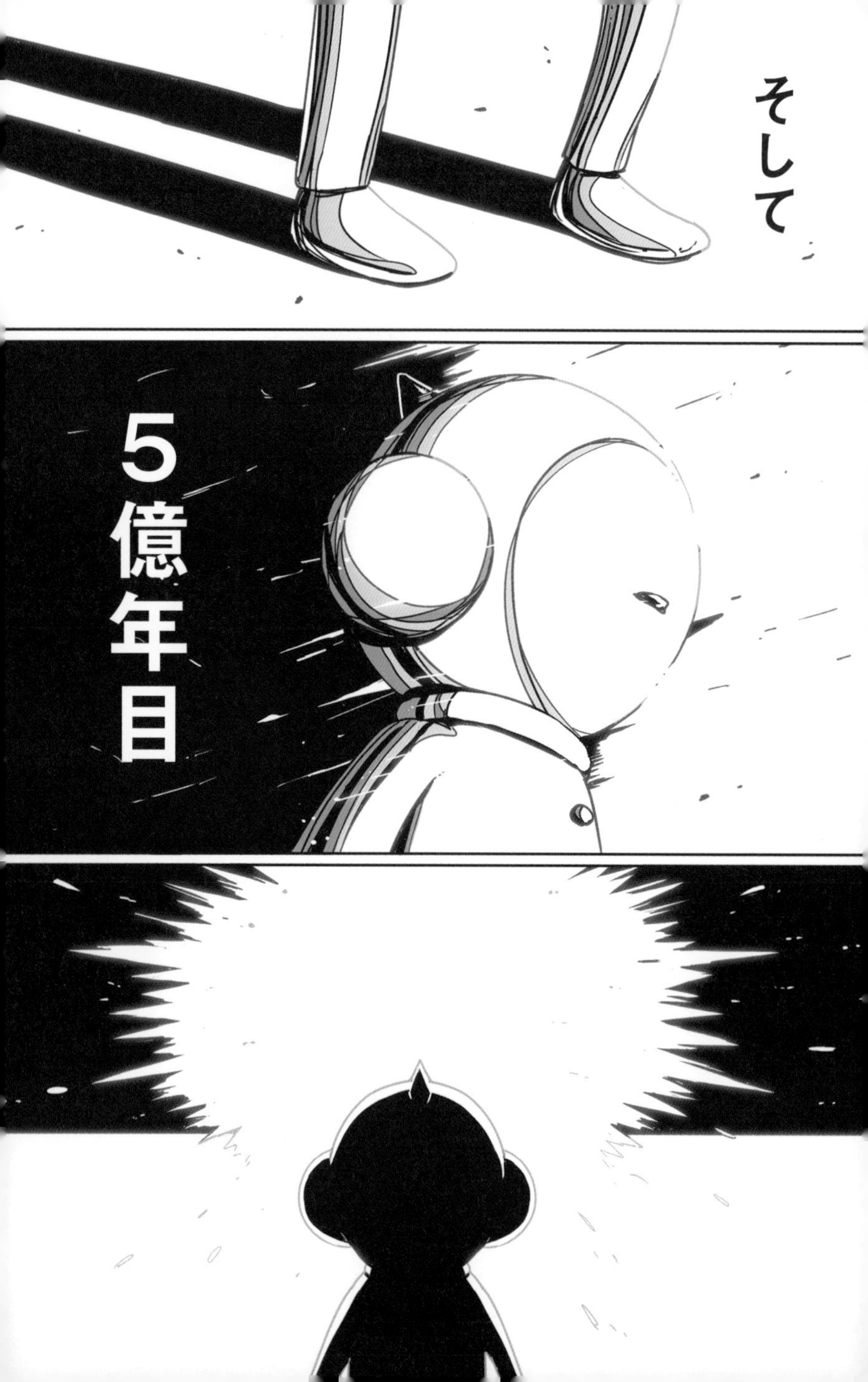
そして
5億年目

彼は世界に
還《かえ》る

記憶は
ビッ
ビッ

消される

・・・・
ほれ、100万円じゃぞ
チャリーン
わ♪
100万円でちゅ！やっぱ、なんにも起きないでちゅね！
すげー!!
ラッキーでちゅ～
ほんとにボタン押《お》すだけなんでちゅね～
博士《はかせ》！もう1回やらせてくれ！
またかよ!?
いくらでもいいぞ
一瞬《いっしゅん》で100万円なんて、最高でちゅね！このバイト

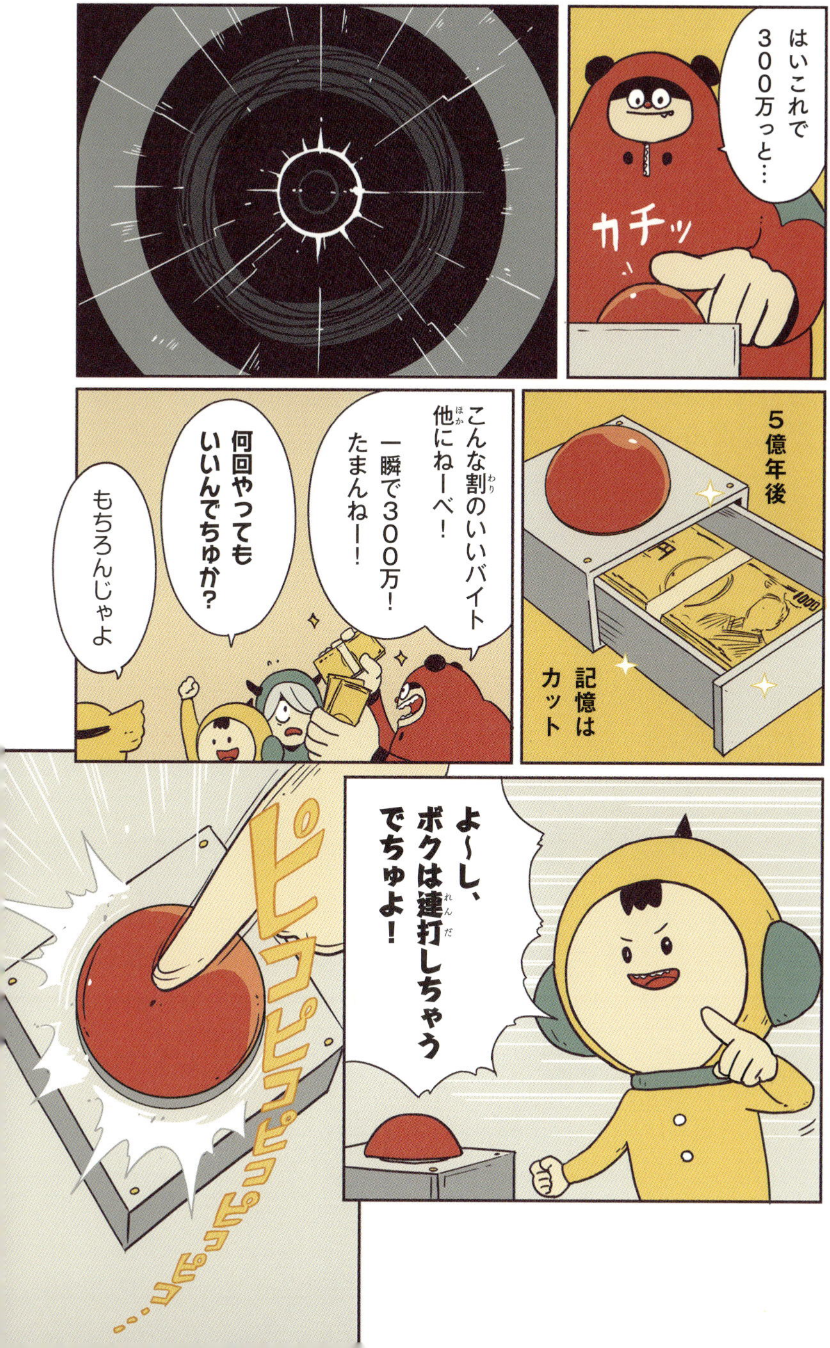
はいこれで
300万っと…
カチッ
5億年後
記憶はカット
こんな割《わり》のいいバイト他《ほか》にねーべ！
一瞬で300万！
たまんねー！
何回やってもいいんでちゅか？
もちろんじゃよ
よ～し、ボクは連打《れんだ》しちゃうでちゅよ！
ピコピコピコピコピコ…

パッ

5億年×《かける》
16往復スタート

…面白いでちゅか？
ズッ
自分も5億年…
やってみまちゅか？
…
もっと、子どもが喜ぶような内容にしてくだちゃい
海外に行ったりさぁ
透明《とうめい》人間になってイタズラしまくるとかだよ！
分かりまちたか？
コクコク
カチャ

海外旅行

家族で行った
ヨーロッパ旅行、
楽しかったよー
まじか！
オレはハワイにしか
行ったことないよー
ハワイか！
いいじゃんー
！
やっぱ旅行は
海外が
最高だな！
・・・・
海外行きて〜!!

でも高いんだろ海外って？
手伝いしまくっか！
1回50円だろ？何年かかるんだよ！
いい事考えまちた！
ハワイまで続く、めちゃくちゃ長いすべり台があればいいんでちゅ！
ハワイ
「あれば」って、そんなもんねーだろ!!
ないものは、作ればいいんじゃ!!
あ！
ちょうどいいところに来たでちゅ!!

イノウエ博士《はかせ》!!
また困《こま》ってるようじゃの!
博士!なければ作ればいいってどういうことだ?
こいつを使うんじゃ!!
おおお〜。
ビッグスプレー
博士の発明品。このスプレーを吹《ふ》きつけられたものは、でっかくなる!
BIG
ライトじゃないんすか?
ホントにそんなモンで大きくなるのかよ!
うるさい!色々と事情があるんじゃ
まぁ見ておれ
シュー!!
ゴゴゴゴ
うおおお!!?

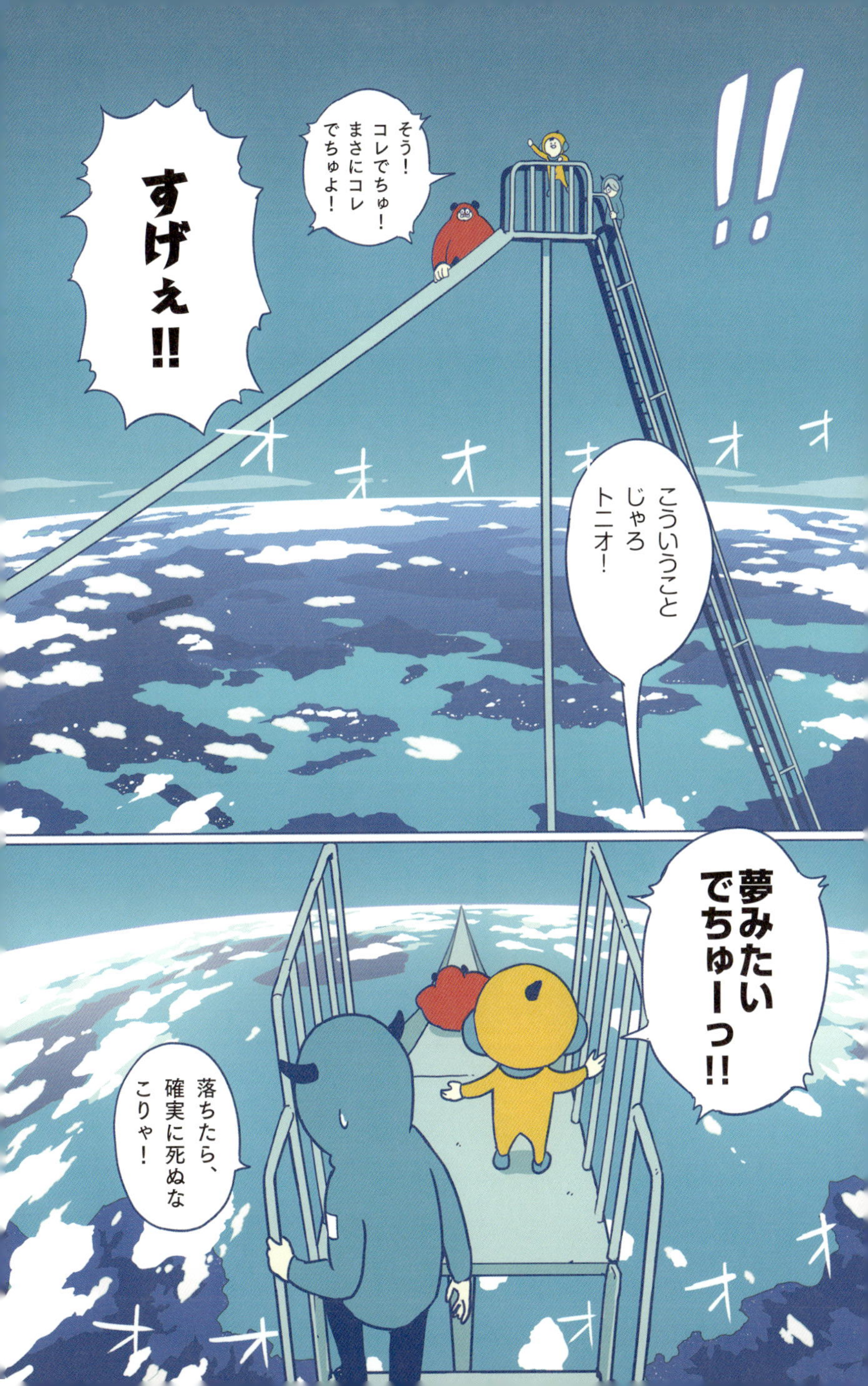

!!
そう！コレでちゅ！まさにコレでちゅよ！
すげぇ!!
オ オ オ オ オ オ オ
こういうことじゃろトニオ！
夢みたいでちゅーっ!!
落ちたら、確実に死ぬなこりゃ！
オ オ オ オ オ

ゴオオオオオ
んじゃ、ちょっくらハワイ行ってくるわ!
無鉄砲《むてっぽう》かよ!
次はボクでちゅ♪
シャ
ひょえーおもしれー
――ッ!?
熱《あつ》っ!?
熱っ!!
背中《せなか》、熱っ!!
シャ
熱ー!!
シャ

in ハワイ

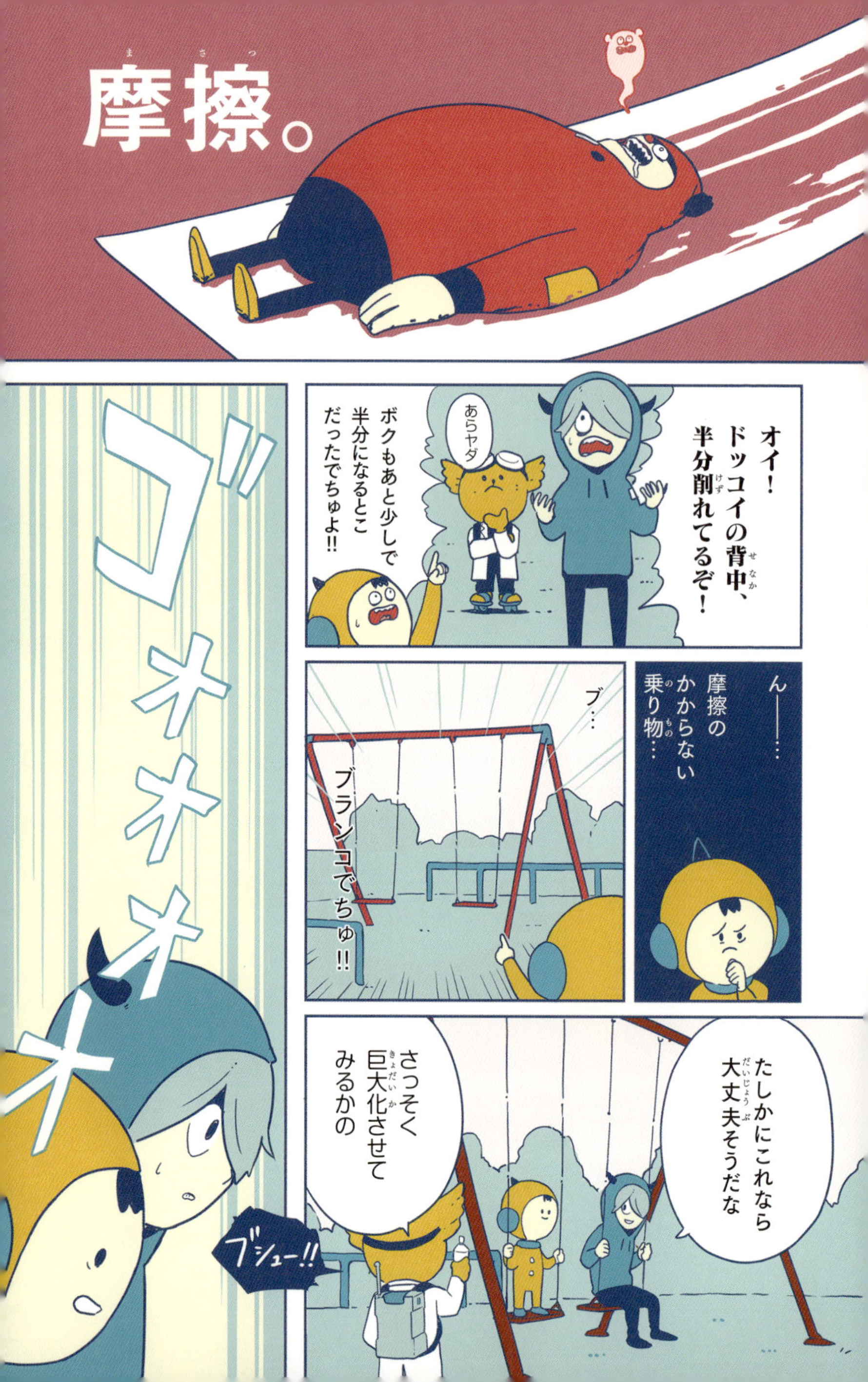
摩擦《まさつ》。
オイ！
ドッコイの背中《せなか》、半分削《けず》れてるぞ！
あらヤダ
ボクもあと少しで半分になるとこだったでちゅよ!!
ん――…
摩擦のかからない乗り物《のりもの》…
ブ…
ブランコでちゅ!!
たしかにこれなら大丈夫《だいじょうぶ》そうだな
さっそく巨大化《きょだいか》させてみるかの
ブシュー!!
ゴオオオオオ

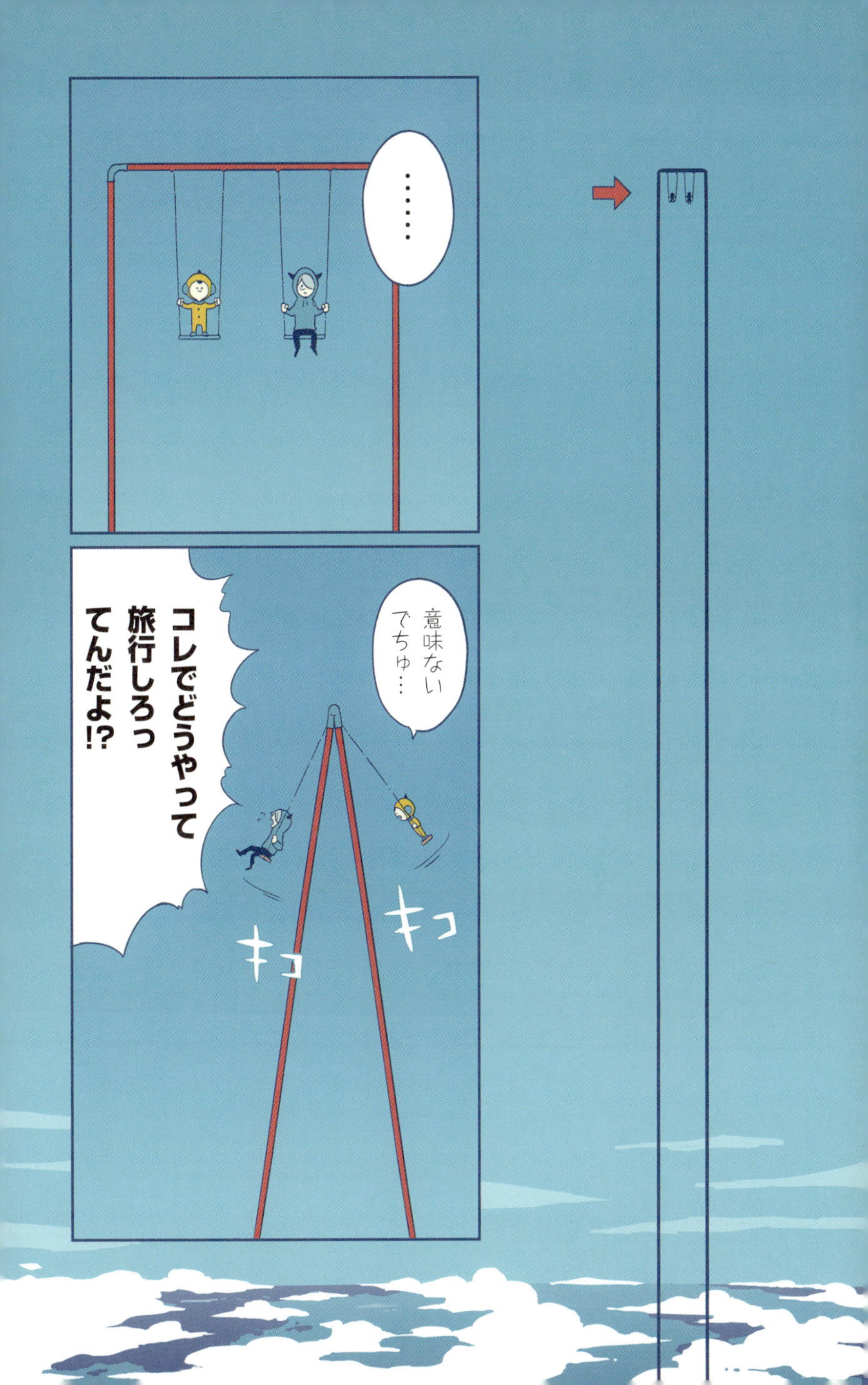
……
意味ないでちゅ…
キコ
キコ
コレでどうやって旅行しろってんだよ!?

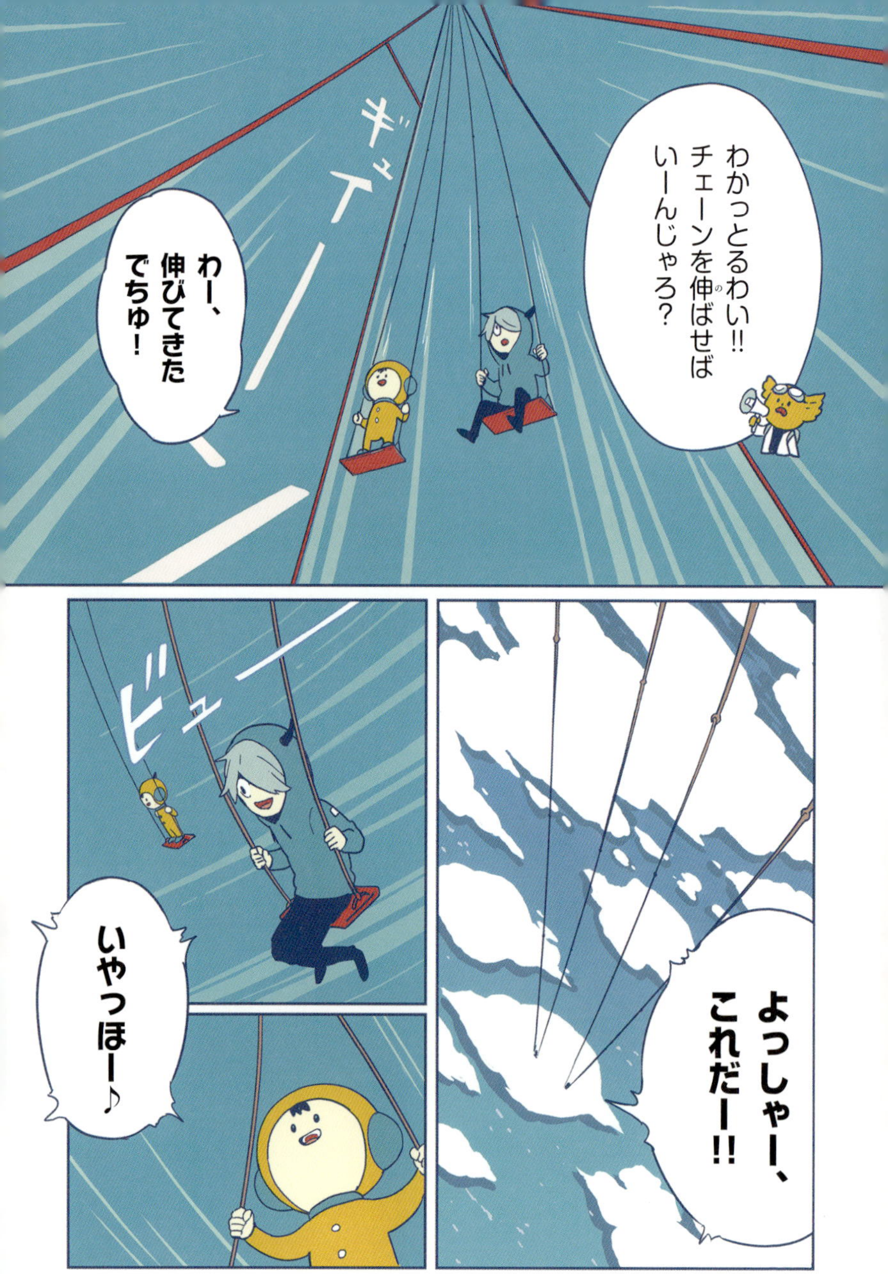
わかっとるわい!!
チェーンを伸《の》ばせば
いーんじゃろ?
ギュイー
わー、伸びてきたでちゅ!
よっしゃー、これだー!!
ビュー
いやっほー♪

気持ちイーーー!!
スィー
着いたでちゅ！
おお!!
オオオオオオ

よく考えたら、
巨大《きょだい》ブランコで
ハワイへ行くことは
不可能でした。

透《とう》明《めい》人間

きたぜー!!
オキナワでちゅ!!
しかし本当に気づかれず飛行機に乗れるとは思わなかったぜ!
さすが、イノウエ博士《はかせ》でちゅ
数時間前
透明人間《とうめいにんげん》になる薬を開発したんじゃが…
お主《ぬし》らがモニターになって試してはみんか?
おおお!
イタズラし放題《ほうだい》だな
ラッキーでちゅ
見ろあれ!!

レンガが浮《う》いてるぞ!!
ガハハハハ!!
きゃーこっちに飛んでくる!!
ドッコイはもうイタズラを始めてるぞ!!
あっキレイなおねーさんでちゅ
まってでちゅー
うげ!!
バタン
透明でも壁《かべ》はすり抜《ぬ》けられないんだよな…
いたいでちゅ…

——そして

どうじゃった? 透明人間になった感想は?
楽しかったんでちゅが欲《よく》をいえば・・・・・・すべてをすり抜けるタイプの透明人間になりたいでちゅ
…ふむ
実はもう開発してあるんじゃ!!

その名も「続《ぞく》・透明人間《とうめいにんげん》」!!
NEW
続・透明人間
「透明人間」の改良型《かいりょうがた》じゃ
おおー、タイムリーやねっ!!
じゃが、細心《さいしん》の注意が必要じゃぞ!! すべてをすり抜《ぬ》けることはキケンじゃから、飲むときは……
飲んでみよーぜ
早くでちゅ
…それをうすめて飲まないと…
!!
ゴクゴク
ゴクゴク
ゴクゴク
…って、説明を最後まで聞くんじゃ!!

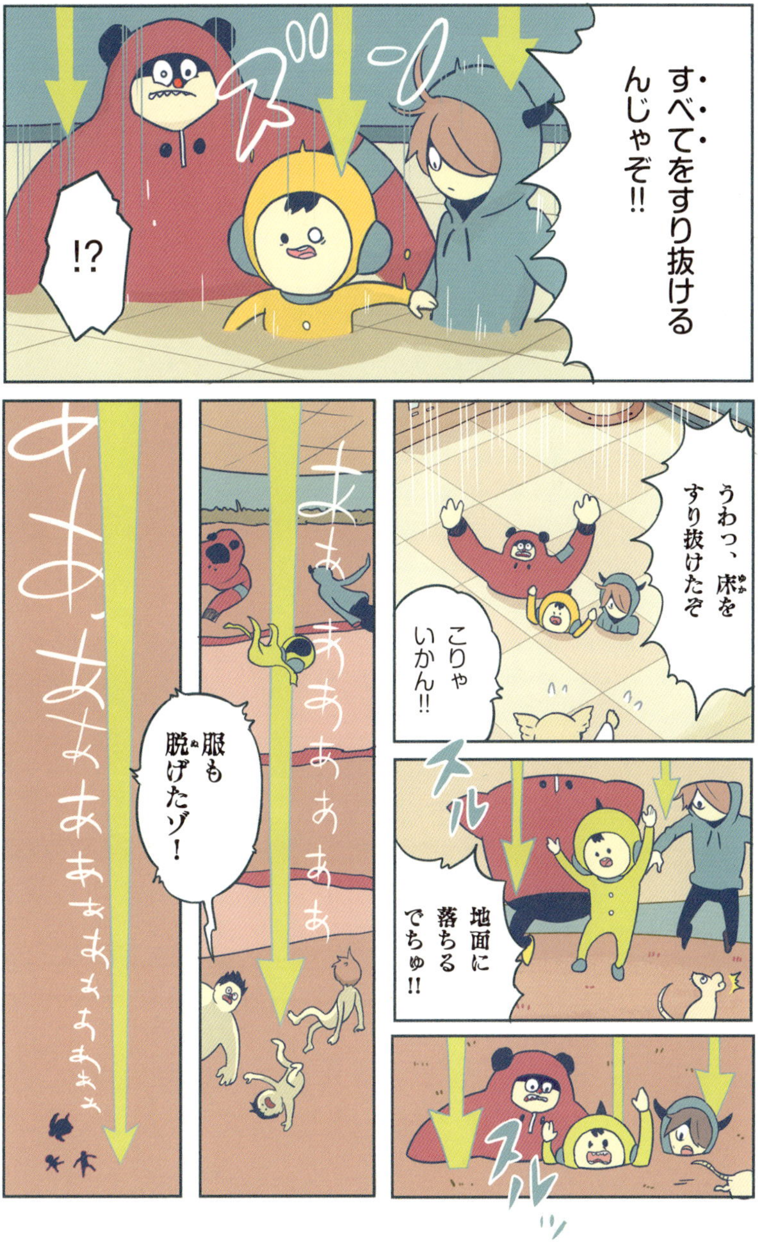
すべてをすり抜けるんじゃぞ!!
!?
うわっ、床《ゆか》をすり抜けたぞ
こりゃいかん!!
スル
地面に落ちるでちゅ!!
スルッ
あああああああ
服も脱《ぬ》げたゾ!
あああああああああああ

うわあああああああ
どこまで行くんだ⁉
すべてをすり抜けたトニオたちは
重力《じゅうりょく》の法則《ほうそく》にしたがい
結局、地球の内核《ないかく》の中心の
ニッケル合金《ごうきん》の中で
静止し続けたんださ♪
ああああ
ああああああ

最高の状態

ワシは最高にイイ状態について考えてみたんじゃ
苦しみとか悲しみがない、ただただひたすらイイ状態じゃ
お主《ぬし》らも、今、イイ状態か？最高か？
いや別に…ふつうでちゅよ
「も」って、誰《だれ》かイイ状態なのか？
実はストックは今最高の状態なんじゃ
あれが今のストックの姿《すがた》じゃ!!
ゴポ
ゴポ
な!? ストックの…脳《のう》だけッ!?

そう…
彼の脳は、
コンピュータによって制御《せいぎょ》され
幸福中枢《こうふくちゅうすう》に直接刺激《しげき》が
いくようになっており
最高に楽しい夢を
一生見続けて
生きていくんじゃ
HAPPY!
ストックは今、
その楽しい夢を
たしかな現実として
生きている
つまり、常に楽しい、
最高にハッピーな
状態なんじゃ
でも博士《はかせ》、
人生は苦しさが
あるから、楽しさも
より分かるんだと
思うんでちゅけど…
??

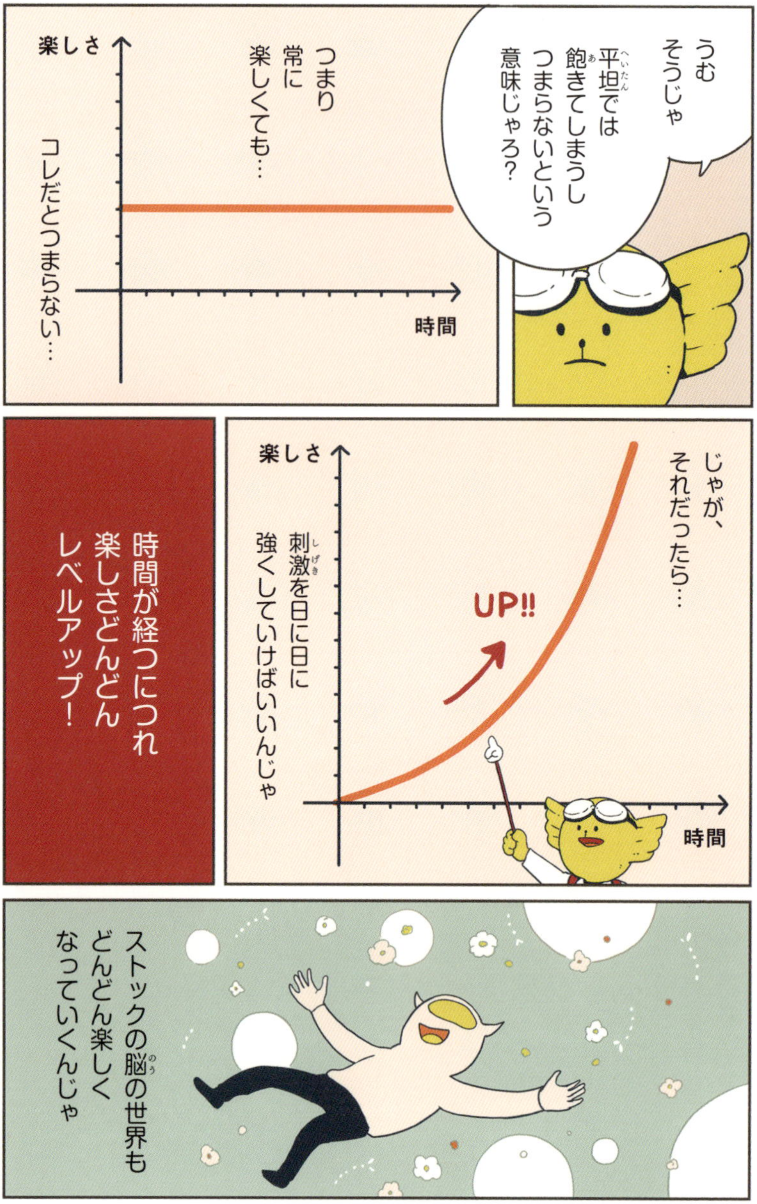
うむ
そうじゃ
平坦《へいたん》では
飽《あ》きてしまうし
つまらないという
意味じゃろ？
つまり
常に
楽しくても…
コレだとつまらない…
楽しさ
時間
じゃが、
それだったら…
刺激《しげき》を日に日に
強くしていけばいいんじゃ
UP!!
楽しさ
時間
時間が経つにつれ
楽しさどんどん
レベルアップ！
ストックの脳《のう》の世界も
どんどん楽しく
なっていくんじゃ

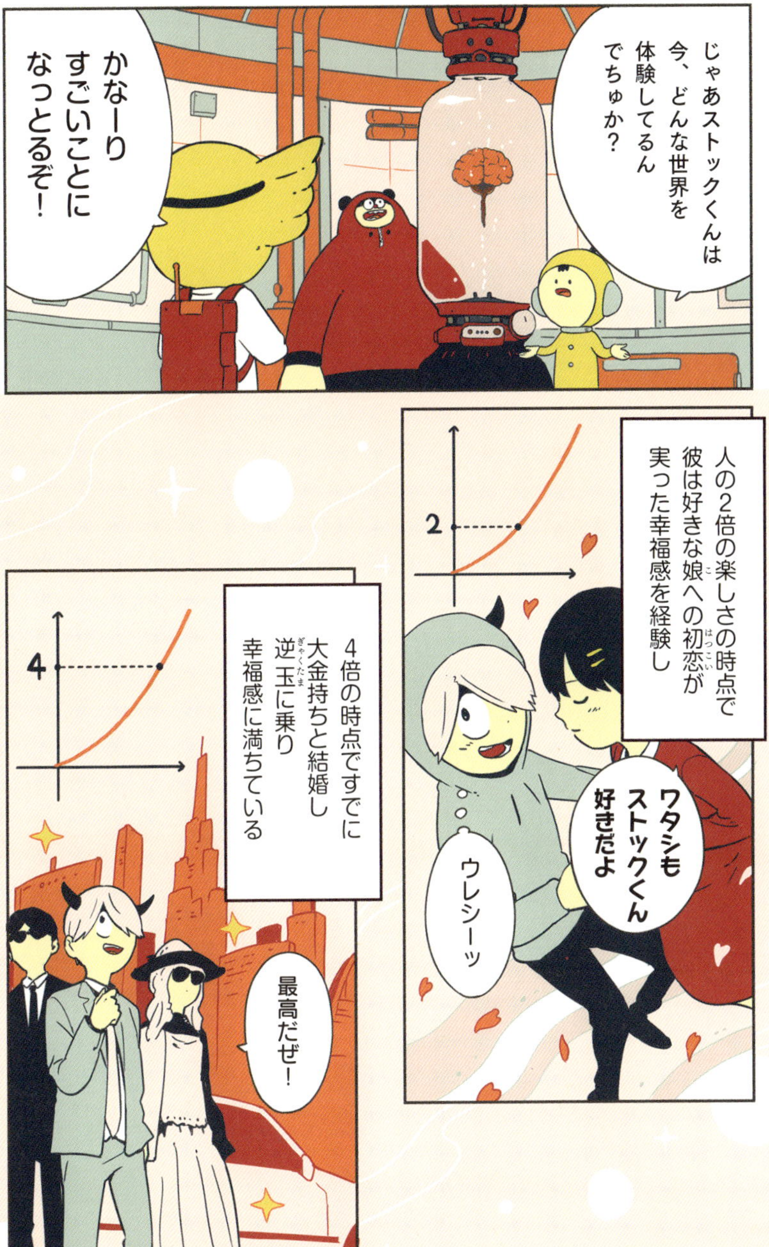
じゃあストックくんは今、どんな世界を体験してるんでちゅか？
かなーりすごいことになっとるぞ！
人の2倍の楽しさの時点で彼は好きな娘《こ》への初恋《はつこい》が実った幸福感を経験し
2
ワタシもストックくん好きだよ
ウレシーッ
4倍の時点ですでに大金持ちと結婚し逆玉《ぎゃくたま》に乗り幸福感に満ちている
4
最高だぜ！

そして、ストックは今日、他人の256倍の幸福感を経験するところじゃ
256
バン
すッすげ〜ッ 256倍ってどんななんだよ！
ピピッ
お！ストックの脳《のう》からの通信じゃ!!
どうじゃ!? 256倍の幸福感の感想は…
ブン
……
？
様子が変でちゅ!!

…博士《はかせ》
オレ…256倍になった時、ようやく悟《さと》ったんだ…「人を助けて愛を与《あた》えることが最高の幸せ」だってことに…
オレ、この夢の世界を出て現実世界に戻《もど》ってボランティア活動をしようと思うんだ
…………え？
……………

博士《はかせ》…オレ現実に帰るよ!
…いやそんなこと言われても…
グチャグチャ
でちゅ
これストックか?
自主規制
人を助けるどころか、もはや現実では生きていけない身体《からだ》になっていることを、ストックはまだ知らなかった

そんなところに隠《かく》れてるつもりでちゅか？
俺《おれ》たち、いつも最後に死んでんじゃねーか！これじゃ、女子が喜ばねーだろ!!
もっと女子が好きなもの…妖精《ようせい》が出てきたり、花を愛《め》でたり、幼《おさな》なじみと結婚したり、そういうの描けねーの？

ウンチの精《せい》

○△公園
もー、早く出てくだちゃいよ！
Gentlemen
ドンドン
ドー
ボクもうもれちゃいまちゅよー
ドン
ドン
ガチャ
やっと出てきたでちゅ!!
ド、ドラゴンでちゅー
ギー
ゴゴゴ…
しかも、すごく怒《おこ》ってるっぽいでちゅー

ピイッ
あれ、怒られないでちゅ…
ふんばりすぎて疲《つか》れただけ
びっくりでちゅ…
オイ、オヤジ!!
!
アンタ、オイラの生みの親だろ?なぁ!?
ハエ
プーン
わー、何だコイツ!ウ…ウンコがしゃべってるでちゅー
てか、ドラゴン流《なが》し忘《わす》れでちゅ!
シットくん
(ウンコの精)
親はボクじゃないでちゅよ!ドラゴンが流してないだけでちゅ
ピィ
待ってくれや!

オイラ
一目でいいから、
オヤジに
会いてぇんだ！
えー
いやでちゅよ
…キミ
ウンコじゃ
ないでちゅか
頼《たの》むぜ
オイラを生んだ
親のトコまで
連れてってくれ！
ぴょん
わっ
トニオー、
どこに隠《かく》れた!?
ビクッ
おい!!
隠れてもムダだぞ!!
いいかげんに…
…!?
?

あーっ！　見ろよ！
コイツ、額《ひたい》にウンコ
乗せてるよ！
きったねー!!
ピク
…んだと!!
ドバッ
ブッ
ぶっへ!!
ゴちゃ
クセー!!
何じゃこりゃあ
ぎゃあああああ
クソだ！
クソを噴射《ふんしゃ》
しやがった!!
!!
クッソー
行くぞ！
ウンチだけに…
覚えてやがれー
……
助けてくれた
んでちゅね♪
ヘッ！

その後、ボクたちは、
ドラゴンを探《さが》したでちゅ
どこでちゅー
あ！
いたでちゅ！あれが、キミのお父さんでちゅよ！
たしかにどことなく似《に》てる気がするぜ…
意外でちゅ…ドラゴンに花を育てる優《やさ》しい一面があったんでちゅね
あたりめーだろ！オイラのオヤジだぜ？
ジョロ〜
オヤジ！
ダッ
オヤジ！オイラ…オイラだよ!!
オヤジ…

ガシッ
てめぇ！ケンカ売ってんのかコノヤロウ!?
!!?
こんな小汚《こきた》ねぇビチグソ
俺《おれ》の大事なお花さんに近づけんじゃねぇ
ツー

そんなに落《お》ち込《こ》まないで下ちゃいよ…
きっとドラゴンは今、気が立ってるだけなんでちゅよ…
……
オヤジ…そんなにオイラのことが嫌《きら》いか？オイラなんかいらないのか？
やっぱりオイラがウンコだから…ウンコだからいけないんだ…
ウンコは生みの親を恋《こい》しく思うことも許《ゆる》されないのかよ…
…オヤジ

その夜
シットくんは
ボクの家に泊《と》まったでちゅ
……
星がきれいだ…
オヤジ…
シットくんはその晩《ばん》、
ふたたび
花壇《かだん》に行きました

翌朝《よくあさ》起きると
シットくんは
いなくなっていまちた
あれ？
シットくん？
おーい
シットくーん
前の晩《ばん》、コヤシとして
あらん限《かぎ》りの生命《いのち》を
燃《も》やし続けたシットくん……
その日、ドラゴンの花壇《かだん》には、
昨日までなかったひときわきれいな
お花が咲《さ》いていまちた。
どこに行っちゃった
んでちゅかねー

アイちゃん

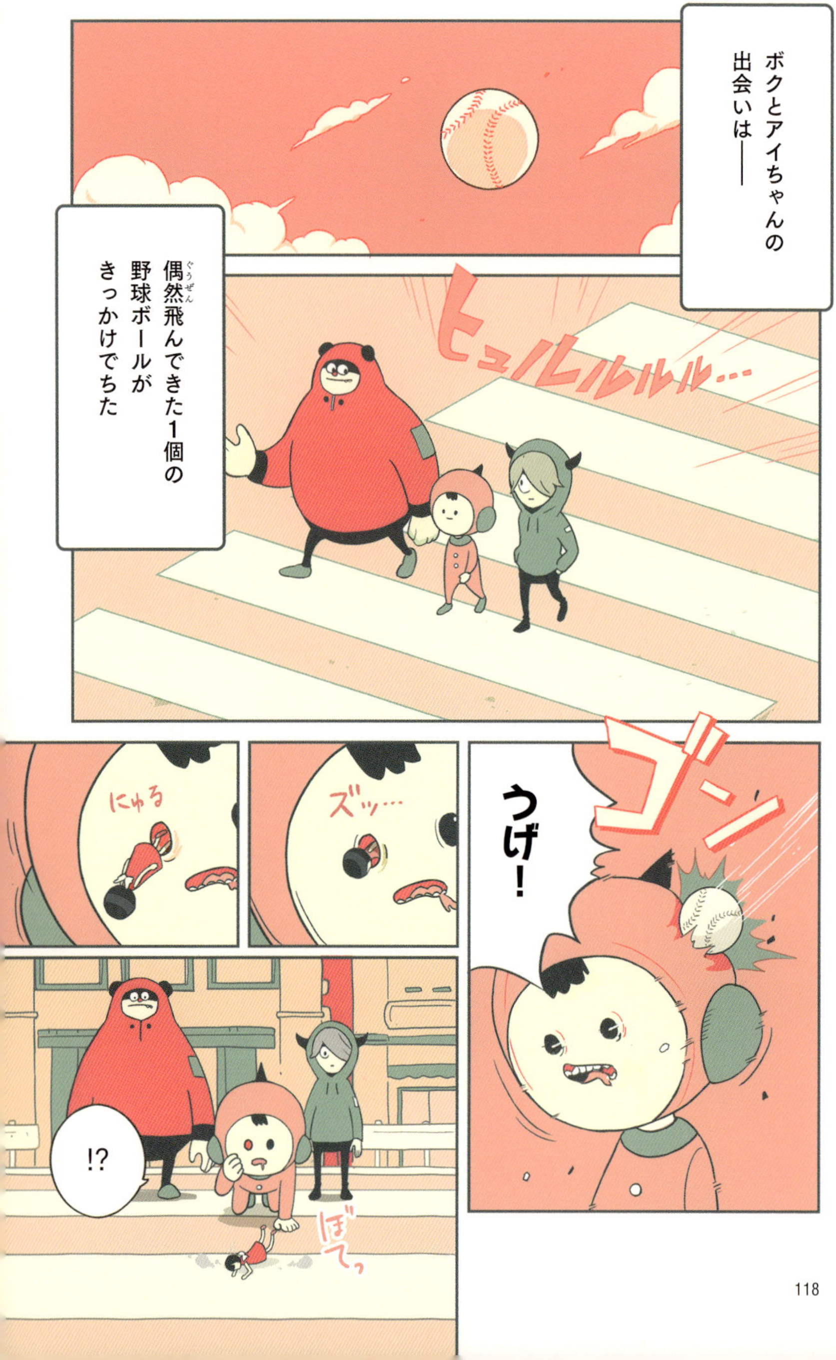

ボクとアイちゃんの出会いは――
偶然《ぐうぜん》飛んできた1個の野球ボールがきっかけでちた
ヒュルルルル…
ゴン
うげ!
にゅる
ズッ…
!?
ぽてっ

わー、ボクの目がー!!
イタイわね…
彼女の名は、アイちゃん。身長12cm、体重13g。いじっぱりだけど本当はやさしい女の子
うわー、なんだこいつ気持ちわるいな
目がしゃべったでちゅ
なに見てんのよ!!
トニオ、木の枝でつついてみろよ…
!
おい! お前の目の中…
メチャクチャ生活されてんじゃねーか!!
?

ちょっと！
勝手《かって》にのぞかないでよ!!
ヘンタイ！　デブ！
コイツ、ムカツクんですけど
きゃあぁ
この、エロデブ!!
ゴッ
うわぁ、鼻《はな》があぁ!?
アンタたちには付きあってられないわ！
いやぁあぁぁ
…いっちゃったぞ
あれ、ボクの目なんでちゅけど…
こうして——

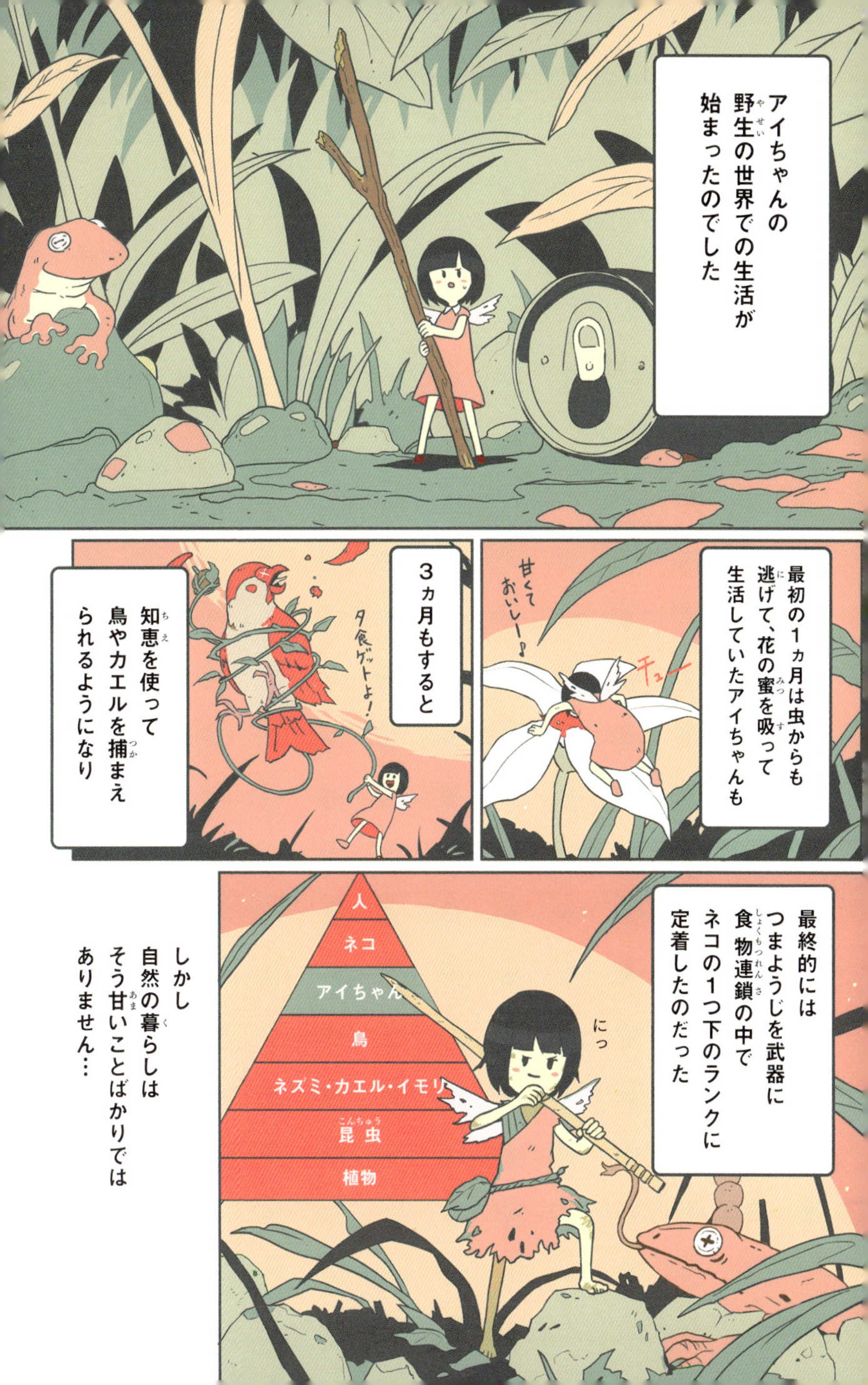
アイちゃんの
野生《やせい》の世界での生活が
始まったのでした
最初の１ヵ月は虫からも
逃《に》げて、花の蜜《みつ》を吸《す》って
生活していたアイちゃんも
甘くて
おいしー♪
チュー
３ヵ月もすると
知恵《ちえ》を使って
鳥やカエルを捕《つか》まえ
られるようになり
夕食ゲットよ！
最終的には
つまようじを武器に
食物連鎖《しょくもつれんさ》の中で
ネコの１つ下のランクに
定着したのだった
人
ネコ
アイちゃん
鳥
ネズミ・カエル・イモリ
昆虫《こんちゅう》
植物
にっ
しかし
自然の暮《く》らしは
そう甘《あま》いことばかりでは
ありません…

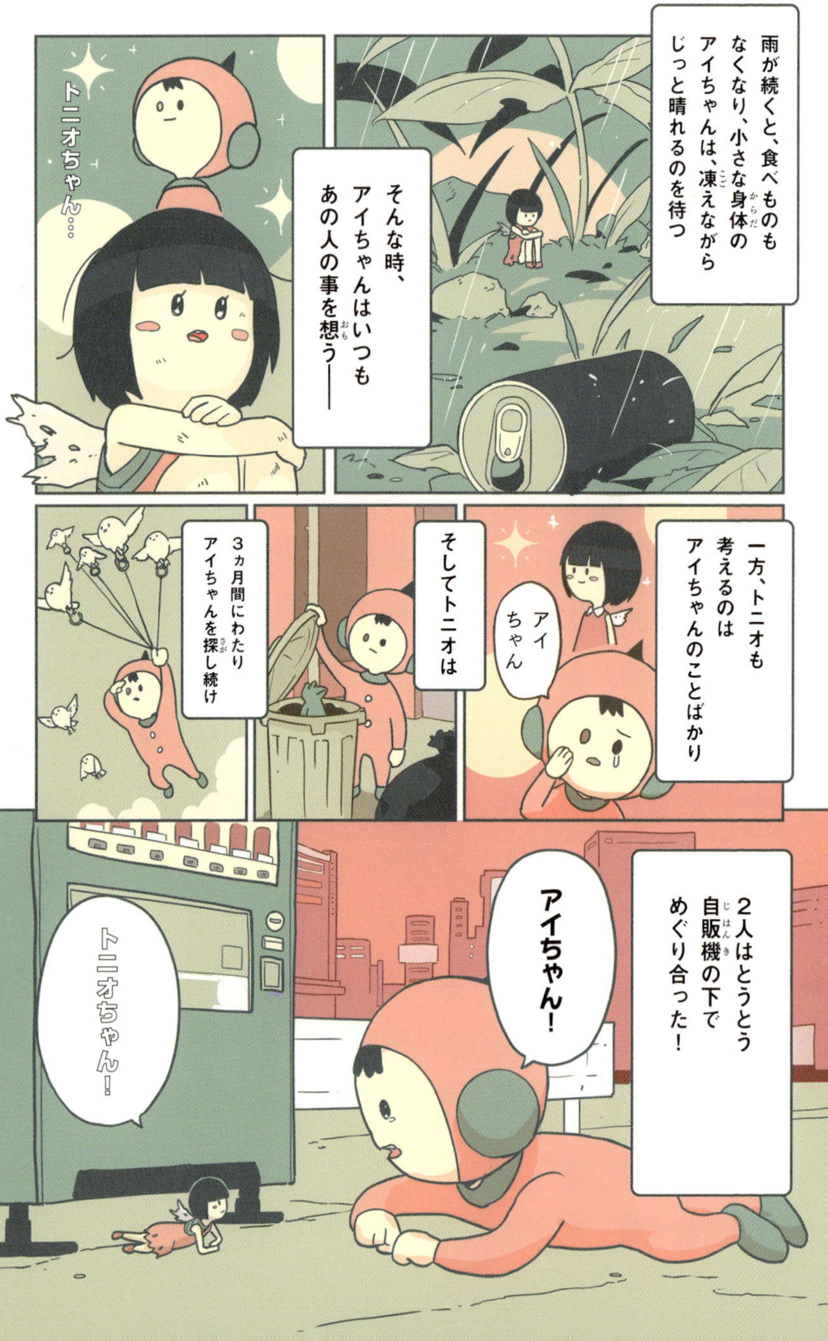
雨が続くと、食べものもなくなり、小さな身体《からだ》のアイちゃんは、凍《こご》えながらじっと晴れるのを待つ
そんな時、アイちゃんはいつもあの人の事を想《おも》う——
トニオちゃん…
一方、トニオも考えるのはアイちゃんのことばかり
アイちゃん
そしてトニオは
3ヵ月間にわたりアイちゃんを探《さが》し続け
2人はとうとう自販機《じはんき》の下でめぐり合った!
アイちゃん!
トニオちゃん!

この3ヵ月、
楽しいこと、つらいこと
いろいろあったわ…
でも一つわかったの
私はあなたなしじゃ
生きられない！
あなたも私なしじゃ
生きれないはずよ！
アイちゃん…
トニオちゃん…
おかえり！
ただいま！
お
ぷちゅ…
オッス！
トニオッ！
ポン
何してんだ？

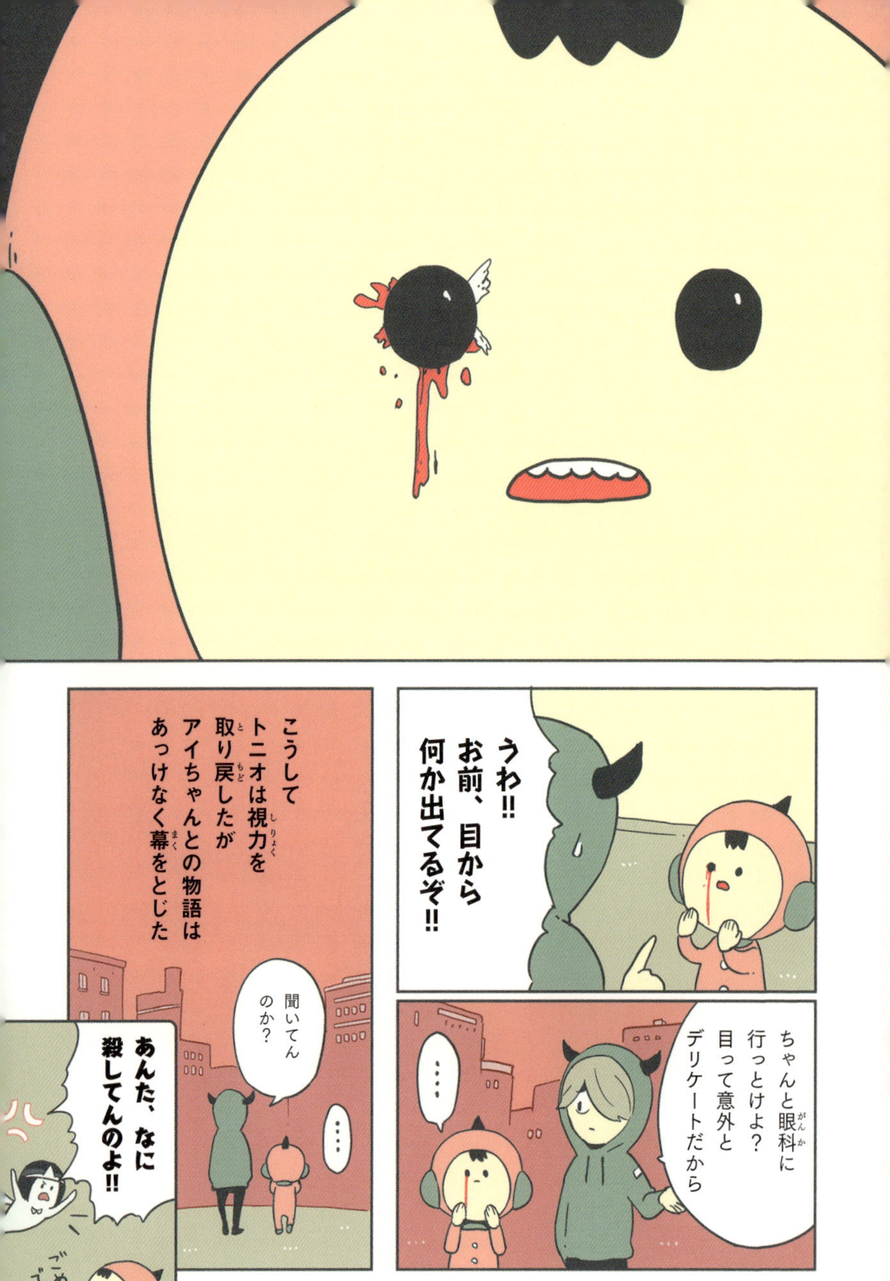
うわ!!
お前、目から
何か出てるぞ!!
……
ちゃんと眼科《がんか》に
行っとけよ?
目って意外と
デリケートだから
こうして
トニオは視力《しりょく》を
取《と》り戻《もど》したが
アイちゃんとの物語は
あっけなく幕《まく》をとじた
聞いてんのか?
……
あんた、なに
殺してんのよ!!
ごめんでちゅー

ぼくときみ

人の気持ちって
どこまでわかりあえるんでちゅかね？
今日はハナちゃんの誕生日《たんじょうび》
おめでとー
…
ボクは今日のプレゼントとして
CRAYON
絵本を作ってきたんでちゅ
この絵本でふだん言えないボクの気持ちを
全部伝えるでちゅ

ぼく
と
きみ
パラ

ボクはボク
一生ボク
キミはキミ
一生キミ
手をつないだり
お話ししたりは
足《た》す？
できまちゅけど
決定！

ボクはボク
キミはキミ
くれ!?
本当の意味では
理解しあえないんでちゅ
ボクは、毎日ボク
今日も明日も
あさっても
ず――――っと
ボクはボク
ボク以外の事は
結局は分からない

もしも
頭のカバーが
パカ
パカ
パカっと開いて
2人の脳《のう》をくっつけても
カン
あまり意味ないでちゅ
ボクらは一生
金《きん》
シャレ？
脳の中は
理解しあえないんでちゅ

でも
どーしても
キミに
この気持ちを
ボクの
本当の気持ちを
手
完璧《かんぺき》に
理解して
ほしいんでちゅ
いる!

…
なんでちゅかコレ!?
!?
ビリ
気がつかないとでも思ったでちゅか!!
おいトニオ、こいつ何かしたのか!?
usi

さっきの話、「フキダシ」が変でちたよね
つなげて読んでみてくだちゃい
足《た》す
カン
決定
金《きん》
くれ!?
シャレ?
手
いる!
「助けてくれ、監禁《かんきん》されている」でちゅ!!
もう一度書き直しでちゅ!
せっかくオレのステーキを食わせてやろうと思ったのに
ドッコイのステーキ、最高なのにな
今日は食事抜《ぬ》きだな

70年後のボクとキミ
ハナしゃん…ワシの年齢《ねんれい》じゃステーキなんて食べられないでしゅ
今年で75歳《さい》なんでしゅぞ⁉
またわがまま言って！ちゃんと食べてくださいな…
…それにしても…
時間がたつのは早いでしゅね…
ワシにもあんな時があったでしゅ
遊びに行こうぜ！
よしっ！

どこまでも広がる
空の下――
心から信じあえる
親友たちとの思い出
笑いたいときに笑い
泣きたいときに泣いた
あの日
毎日が無限《むげん》に楽しく
日が暮《く》れるまで
今を精一杯《せいいっぱい》生きて
つかまえろー!
毎日が輝《かがや》いてた
あの頃《ころ》…
みんな大きくなったら何になりたいでちゅか?
みんなの夢はなんでちゅか?

オレはお化《ば》けになって自由に空を飛び回ることかな？
じゃー俺《おれ》、ステーキ♪
誰《だれ》が食いたい物の話をしろって言った！
大きくなったらお嫁《よめ》さんになりたい！
ハナちゃん…
ボクの夢は…
ハナちゃんと結婚することでちゅ

あの頃《ころ》は、楽しかったですねぇ…
ワシらの夢はかなったのう…
ドッコイとストック…
夢をかなえたんでちょーか？

ドッコイは
小学校、中学校では不良と
呼《よ》ばれ、高校では友人と
バンドを組んだというが、
その後、行方《ゆくえ》知れず…
ストックは逆玉《ぎゃくたま》に乗り
子どもを4人作り
大資産《だいしさん》を築《きず》いたと言うが、
ストレスで病気になり
入院中と聞く
あの頃は
みんないつまでも
一緒《いっしょ》にいられると
思っていたのに
みんなそれぞれの人生、
別々《べつべつ》の道…
…人生って
何なんでしゅかね…
…もうあの頃には
もどれないいん
でしゅか…

その日の夜――
…ニオ！
うーん…
…トニオ！
うー…
オレだよ
オレ！
ゾクッ
はッ！
久しぶりじゃな
トニオ！
ス…ストック!?
ストックくん
なんでしゅか!!

そう…オレ、夢がかなってやっとお化《ば》けになれたんだ…
人生いろんなことがあったけど、あの頃《ころ》が一番楽しかったぞ！トニオ！
ストックくん！
大人になってからのオレは金持ちだったけどずっと寂《さび》しかった
家族はほとんど見舞《みま》いにも来なくて、病院で、ひとりぼっちの最期《さいご》を迎《むか》えたよ
でもこれからはお化けになって自由に飛び回れるんだぜ！
フワ〜

じゃーなーー！
トニオ！
またなーッ♪
ストックくん…
ストックくん…
夢がかなったんでちゅね…
翌朝ー
ハナしゃん！

お化《ば》けになったストックくんが現《あらわ》れたでしゅ
やっとストックくんの夢がかなったでしゅ♪
まぁ!
じゃあこれでようやく全員の夢がかなったわけですね♥
…………
全員じゃと…!?
オレはお化けになって自由に空を飛び回ることかな?
じゃー俺《おれ》、ステーキ♪
誰《だれ》が食いたい物の話をしろって言った!

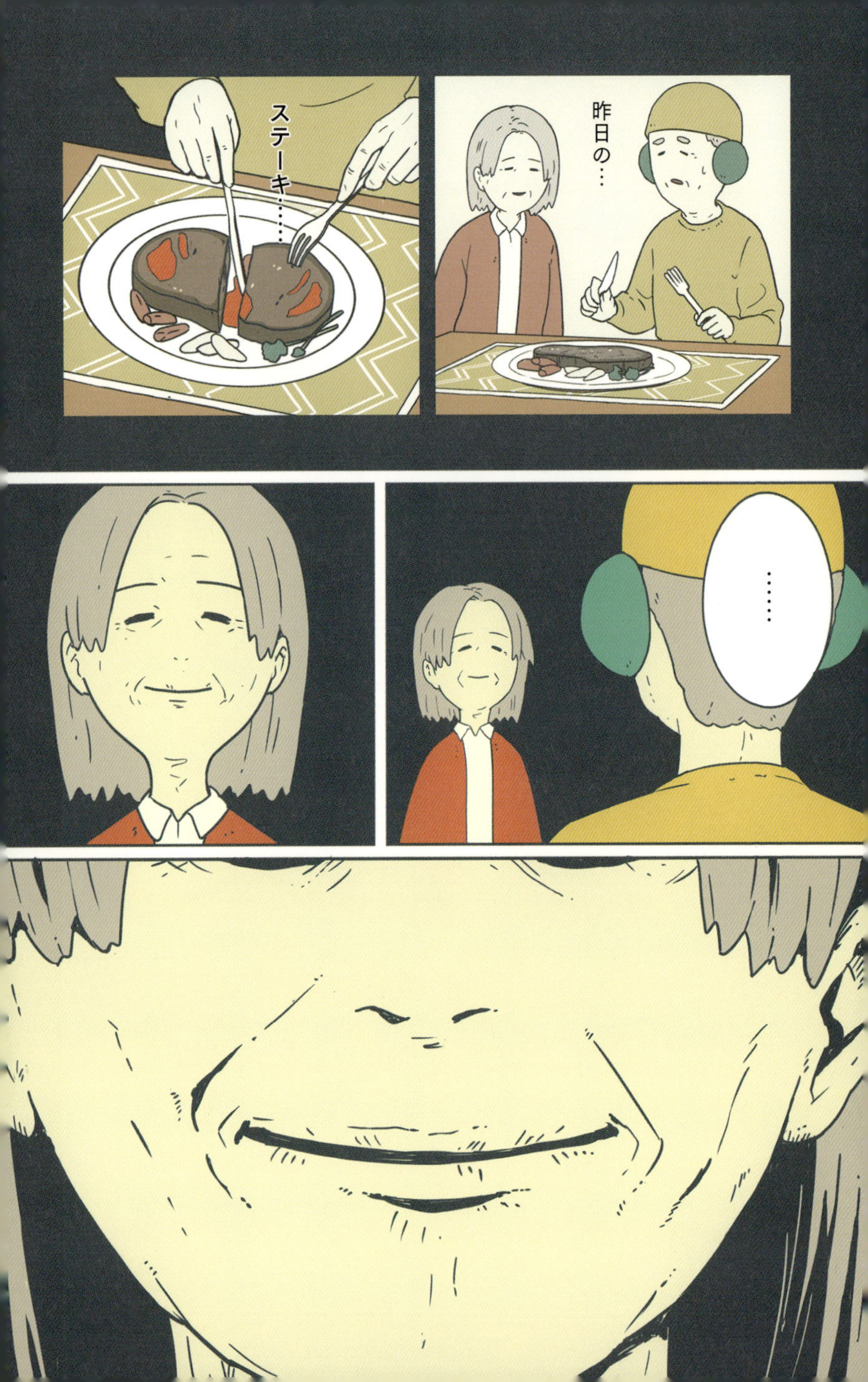
昨日の…
ステーキ……
……

ハーフ

大切な人を
亡《な》くしてしまった時、
「半身《はんしん》をそがれる思い」
って言いまちゅよね？
あァ？
だから
何だよ？
でも本当に
半身をそがれてる人って
いないでちゅよね？
それなのに
ボクは今日
目がさめたら
あ、
あれッ！
ないでちゅッ!?
スカ
体が半分キッカリ
消えてたんでちゅ

消えてたんでちゅよ…
キモチ悪ィ！断面《だんめん》を見せるなよ!!
じゃあ、消えた半分はドコ行ったんだよ!?
知らないでちゅ…
それで大丈夫《だいじょうぶ》なのかッ!?
ボクだって一刻《いっこく》も早く見つけたいでちゅ
水は、いくら飲《の》んでも全部こぼれちゃいまちゅ…
ゴポ
ゴポ
外で転《ころ》ぶと…
イタッ
ジャリ…
砂《すな》とか小石が、めりこむでちゅ

ピッチリ
だから今は、ビニールラップをかぶせてるんでちゅよ♪
……
それからボクは2人に協力してもらって手分けしてボクの半分を探《さが》しまちた
こーゆー奴見なかった?
は? 知らねーよ…
見てないなぁ…
WANTED
TONIO½
どこだー でてこい!
なかなか見つからないなぁ
なんか、半分にも、周りの人にも避《さ》けられてる気がするでちゅ…
ドコにあるんでちゅかねぇ… 食べ過ぎて太ってたり、病気になってなきゃいいんでちゅけど…
そして
トニオーッ見つけたぞ!
オレも見つけたー!

けっこう苦労したぜー?
さっそくくっつけてみよーぜ!
なんで2つもあるんでちゅか…
しかもゴミみたいな扱い
お♪完璧《かんぺき》じゃん
明らかにちぃせーじゃねーかよ!!それーッ
ホラ!! オレのがピッタリじゃね!?
どー見ても、ぜったい余分だって!!
はぁ…ボク、もう一生このままなんでちゅかね…
そんなに落《お》ち込《こ》むなよ…大丈夫《だいじょうぶ》だって!
そう、それにハーフって、もてるし!
ん!?

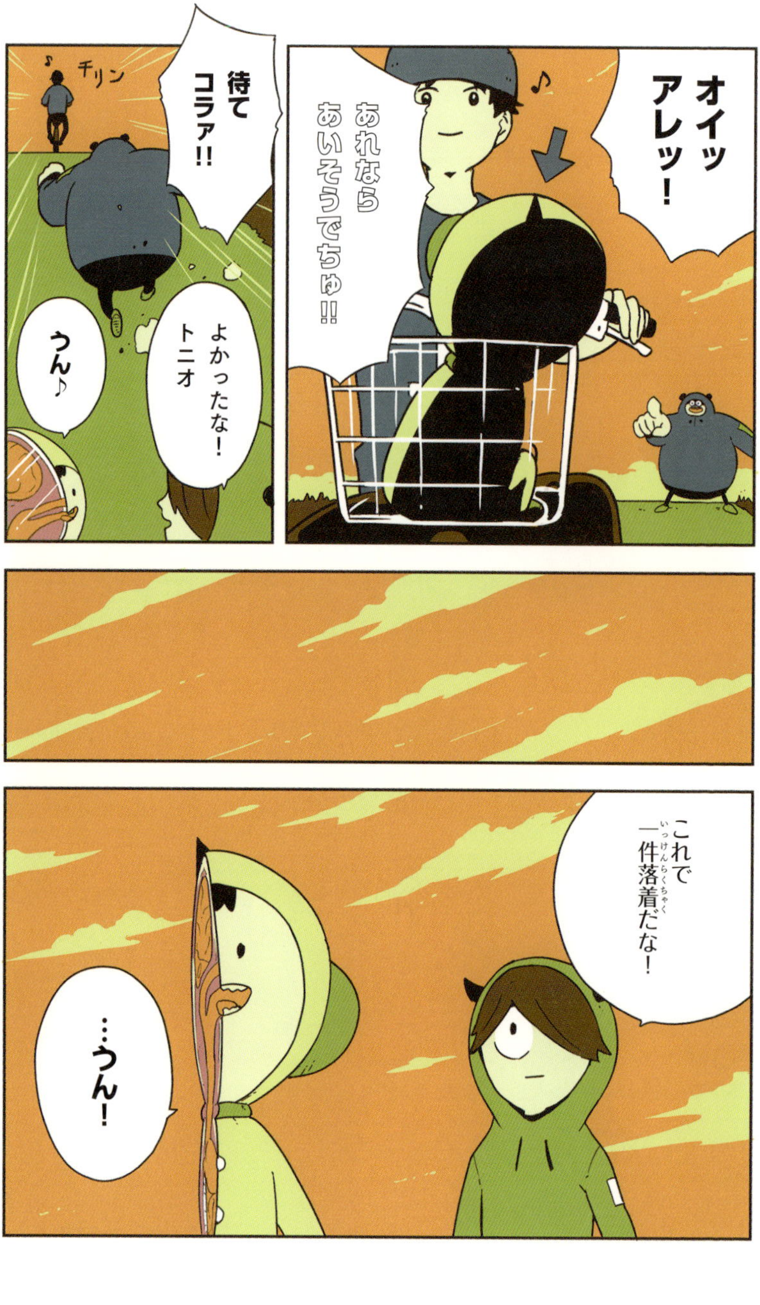

オイッ
アレッ！
あれなら
あいそうでちゅ!!
待て
コラァ!!
チリン
よかったな！
トニオ
うん♪
これで
一件落着《いっけんらくちゃく》だな！
…うん！

ありがとう
ドッコイくん…
いいって
ことよ♪
これで
やっと…
やっと
元《もと》の
ボクの…

コツ
・・・・
同じ
側《がわ》・・・
翌日
なんとかなりまちた♪
いや、なってねーし
上面図

自分

「自分」って何だと思いまちゅか？
今まで、ボクは、「身体《からだ》全体」がボクだと思っていまちた
でも、違《ちが》うんでちゅよ
なんだよ、いきなり！気持ち悪ぃーな
たとえば、ボクの指が切れるとしまちゅ
スポ

切れて置いてある指を
誰《だれ》も「トニオ」とは
呼《よ》ばないし、
ボクも
「ボク」とは言わず
「ボクの指」と言いまちゅ
この時、
トニオ
別の何か
指はもう、
ボクではないんでちゅ
もし腕《うで》がもげても
ボクはこっち
でちゅ
下半身がちぎれても
こっちが
ボクでちゅ

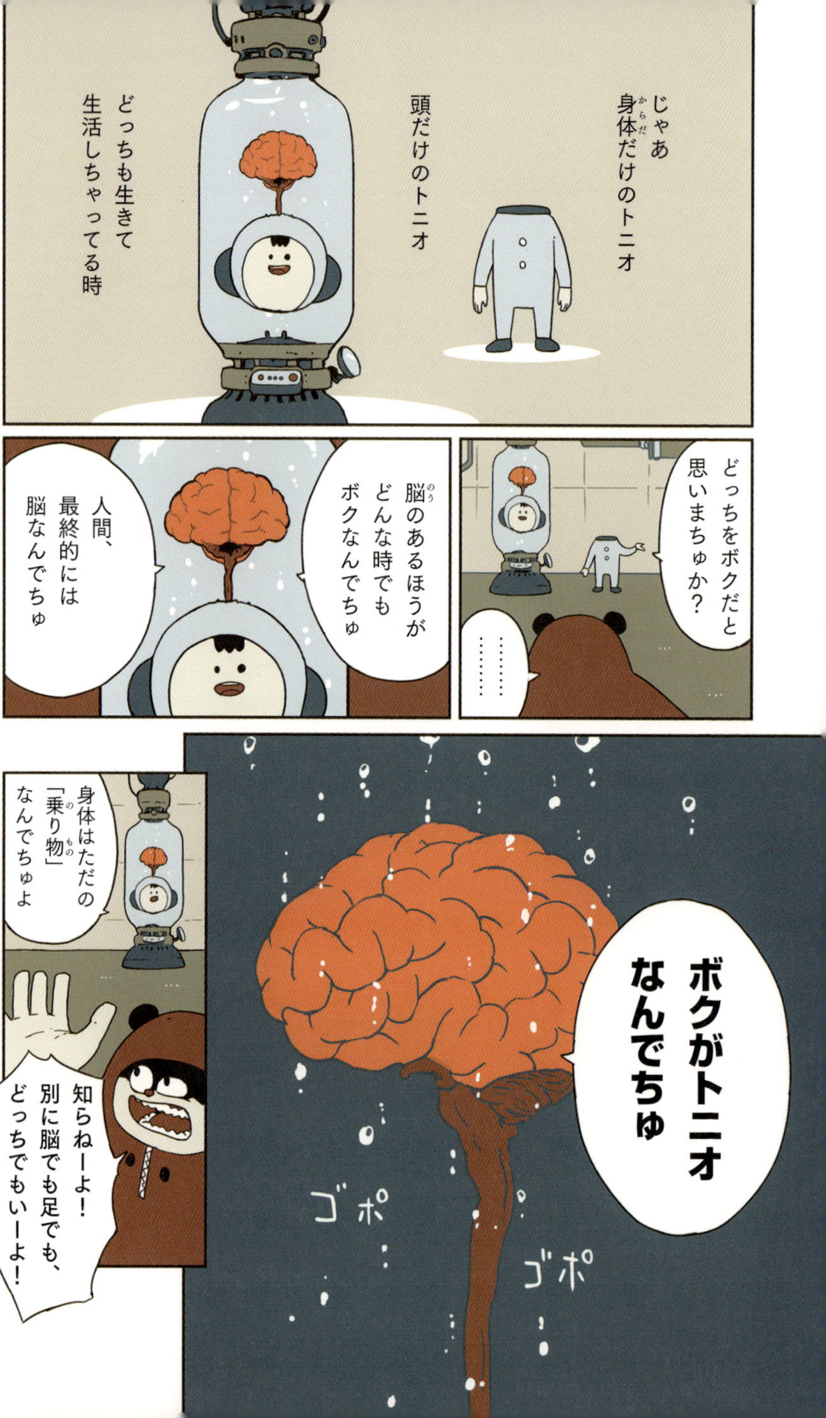

じゃあ
身体《からだ》だけのトニオ
頭だけのトニオ
どっちも生きて
生活しちゃってる時
どっちをボクだと
思いまちゅか？
………
脳《のう》のあるほうが
どんな時でも
ボクなんでちゅ
人間、
最終的には
脳なんでちゅ
ボクがトニオ
なんでちゅ
ゴポ
ゴポ
身体はただの
「乗《の》り物《もの》」
なんでちゅよ
知らねーよ！
別に脳でも足でも、
どっちでもいーよ！

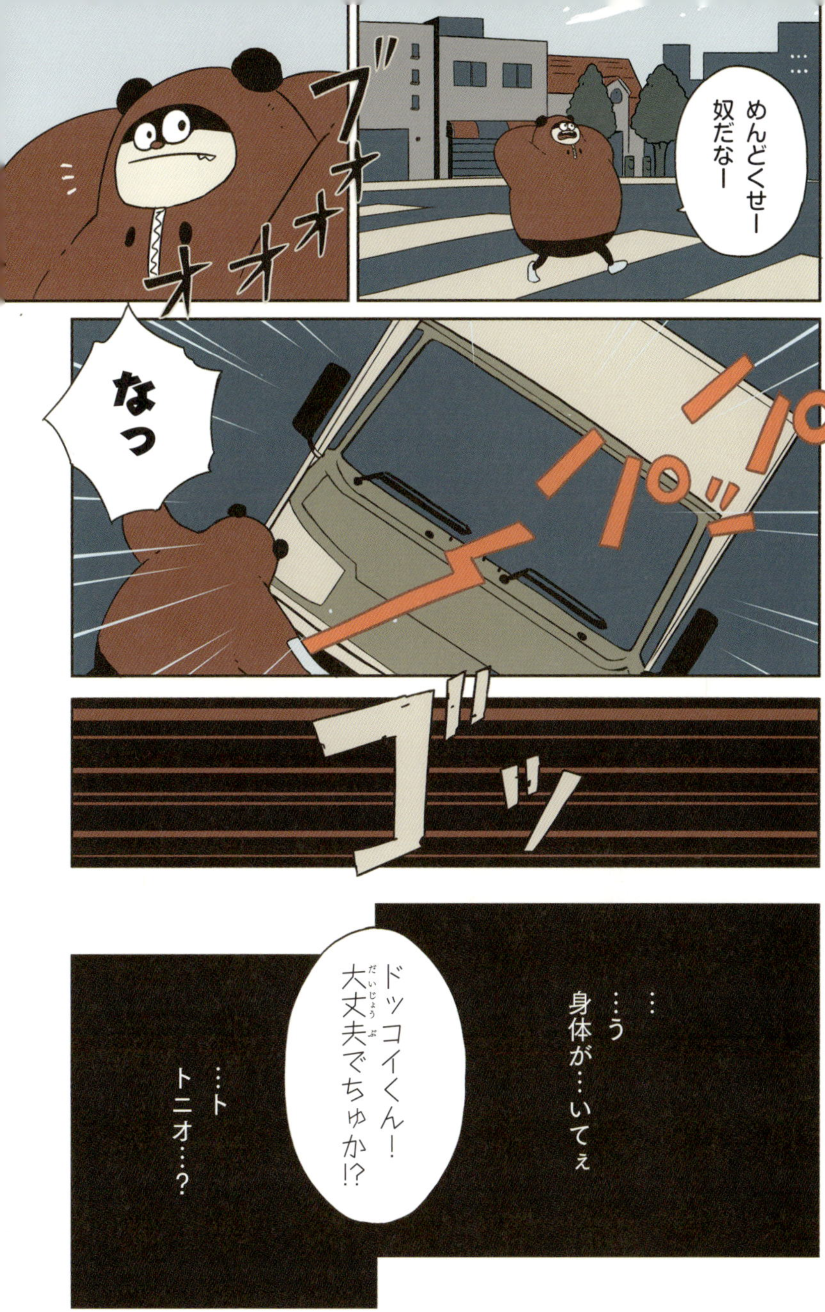
……
めんどくせー奴だなー
ブオオオオ
なっ
パパッ
ゴッ
……う
身体が……いてぇ
ドッコイくん!
大丈夫《だいじょうぶ》でちゅか!?
……ト
トニオ……?

気をしっかり持つんでちゅよ！ドッコイくん！
!!
オレはコッチだっ!!

今、病院に連れてってあげまちゅからねっ！
待て、コラア!!
ドッコイはやっと自分が何か分かったそうだ

主観

それは、
トニオの部屋で
3人がお絵描《えか》きを
していた時のこと
ヨッシャ！
できたーッ
どれッ？
見せろ
見せろ！
どォ？
うまいっしょ？
ストックには
絵の才能《さいのう》があった

あ？　てめー、
ナメてんのか!?
俺《おれ》ぁ、もっと鼻たけーし
第一やせてンだろーが!!
が、その才能を
理解される
ことはなかった
ボク、
もっとうまく
描けまちた♪
何ッ
見せてみろよ
トニオーッ！
恥《は》ずかちーから
ヤでちゅよ！
いいから
見せろっつの！
バッ
ギャハハハハハ
何だよコレ～ッ！
ザ・幼稚園児《ようちえんじ》の絵
じゃんかよッ！

プッ!!
俺なんか、顔から手が生《は》えちゃってるぜ?
ジャンキーが描《か》きましたってコンセプト?
どう?似《に》てるでちよ?
エッヘン♪
どこがー!!?
どー見たって、オレのほうが似てるし、上手《うま》いだろ!?

それは、
ストックくんから見た
ボクとドッコイくん
でちゅよね？
はあ？
ボクは、
ボクの見たまんまを
描《か》いたんでちゅ♥

お前から見えるオレらはいつもこれだって言いたいの？
そーでちゅ♪
もー屁理屈《へりくつ》はいいから絵が下手《へた》だって認《みと》めろって！
そんな奴《やつ》ほっといて外で野球しよーぜ
……
そっくりなんでちゅけどねえ…

これでボクたち人気者になれるんでちゅか？
アニメ化、されんのかよ！
実写化、されんのかよ!!
オレの役をやるのは誰だよ！
ゴゴゴゴ
コイツ
オレたちのこと、子どもだと思って甘く見てんじゃねぇのかな？
読者が子どもだと思って、手を抜《ぬ》いてるんでちゅか？
ブン
ブン
ブン
トニオ、下《した》描《が》きみたいなのがあるぜ
ふんふん、次はこういう話でちゅか…
パラ
パラ

ボツでちゅ!! これ、全部、描《か》き直《なお》しでちゅ
パラ
俺たち、あのポンコツ編集者みたいに甘《あま》くねぇぞ
ひぃぃぃ
ポン
ボクたちの言う通りに描けば、子どものハートをワシづかみでちゅ
伝説を作ってみたくないでちゅか?
もうこれが最後のチャンスでちゅからね!!

時間

あーあ、また牛丼《ぎゅうどん》を3杯《ばい》も食っちまった!!
ダイエットしてんのに…
だから、こんなに太るのかな? もう手遅《ておく》れだな
タイムマシンで過去《かこ》に行けばいーじゃん!
博士に借りてさ
過去に行って、牛丼を食わせないようにすれば、やせたドッコイになるんじゃない?
過去を変える
過去
牛丼を食べる
現在
未来A
※未来Aは消滅し
未来Bになる
変更《へんこう》された現在
未来B
牛丼を食べてない
やせたドッコイ
おお!!
んー、ボクは、その時間の概念《がいねん》は間違《まちが》ってると思うんでちゅよ
はぁ? どこが間違ってんだ?

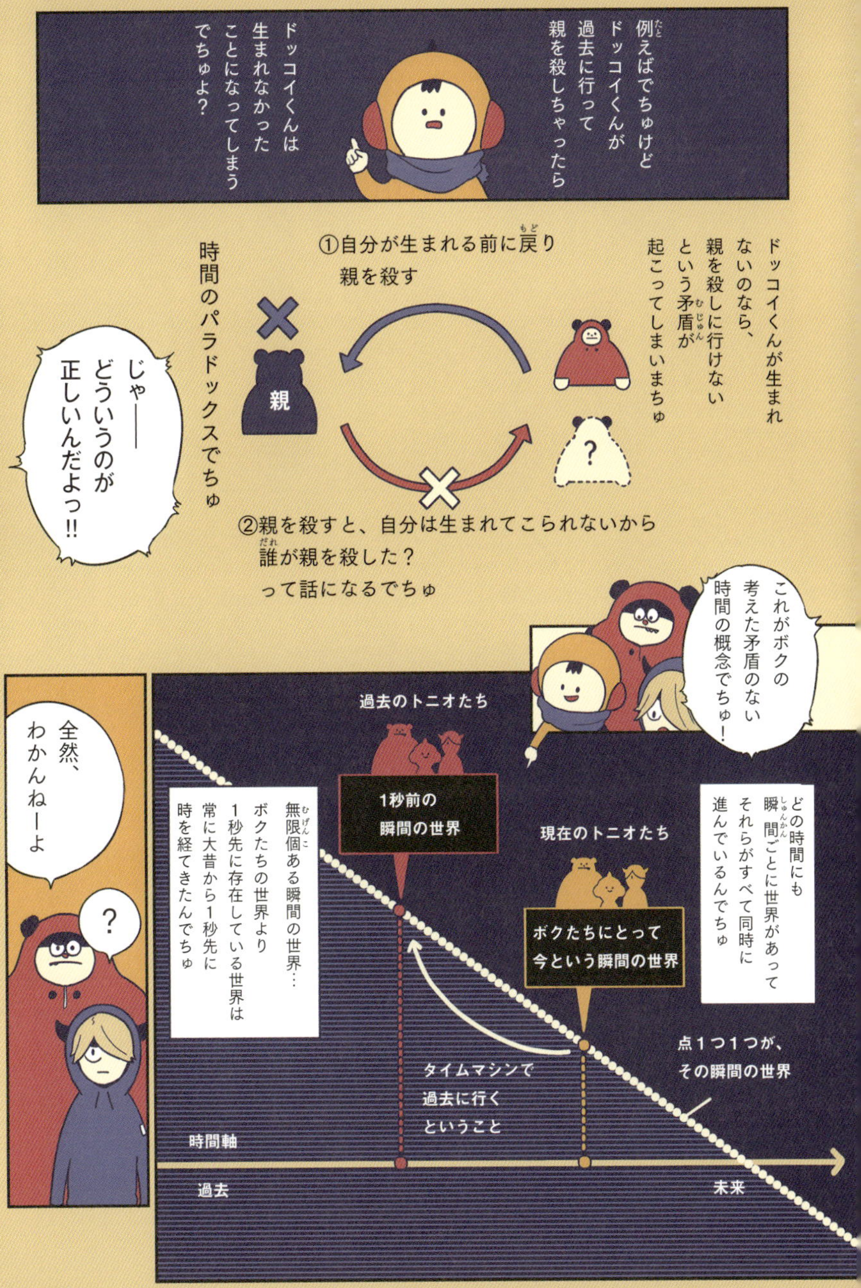

例《たと》えばでちゅけど
ドッコイくんが
過去に行って
親を殺しちゃったら
ドッコイくんは
生まれなかった
ことになってしまう
でちゅよ？
ドッコイくんが生まれないのなら、親を殺しに行けないという矛盾《むじゅん》が起こってしまいまちゅ
①自分が生まれる前に戻《もど》り
親を殺す
親
?
②親を殺すと、自分は生まれてこられないから
誰《だれ》が親を殺した？
って話になるでちゅ
時間のパラドックスでちゅ
じゃ――
どういうのが
正しいんだよっ!!
これがボクの考えた矛盾のない時間の概念でちゅ！
どの時間にも瞬間《しゅんかん》ごとに世界があってそれらがすべて同時に進んでいるんでちゅ
過去のトニオたち
1秒前の瞬間の世界
現在のトニオたち
ボクたちにとって今という瞬間の世界
無限《むげん》個《こ》ある瞬間の世界…ボクたちの世界より1秒先に存在している世界は常に大昔から1秒先に時を経てきたんでちゅ
タイムマシンで過去に行くということ
点1つ1つが、その瞬間の世界
時間軸
過去
未来
全然、わかんねーよ
？

まー、早い話が
エスカレーターの一段《だん》一段《だん》に
世界があるといった
感じでちゅ
一つ一つの段が
瞬間《しゅんかん》の
世界
時間
「過去《かこ》に行く」とは、
上の段にある世界へ行くと
いうことでちゅ
パンチ!
①過去へ
だからいくら昔の世界の
自分を変えても
今の世界には影響《えいきょう》ない
んでちゅよ
②
戻《もど》ってくる
他の世界は
変わりなく
進んでいる
どう
でちゅ
ん
てことは…
……
1秒前の世界でも
5秒前の世界でも
他の世界でいくら
銀行強盗《ぎんこうごうとう》しても——
今の世界には
影響ないって
ことだよな?
はっ
!!

さっそくボクたちは、イノウエ博士《はかせ》からタイムマシンを借りて実践《じっせん》することにしたでちゅ
博士ー タイムマシン借りるぜー
気をつけて使うんじゃぞ
INOUE
WARP!!
GN BANK
ウィーン
1.782551…秒遅《おく》れて存在《そんざい》している世界
金を出せー!!
手ぇ上げろ!!
きゃー
わー
おもちゃ
きゃー強盗よー!!
カチャ
ヨッシャア!! 大金《たいきん》ゲットー
どっさり¥

おとなしく投降《とうこう》しなさい!!
やべー!! もう警察《けいさつ》きたぞ
GN BANK
どうするよ!!
タイムマシンでちゅ!
ずらかるぜっ!
キィイイン
にげろー
…!?
シュウ…
ザザ…
どこ行った

ふー
あぶなかったな
大金だぜっ
成功でちゅ!!
じゃ
戻《もど》ろうぜ
ところで
オレたちって
何秒後から来たん
だっけ…？
知らね
えー!?
ちょっとそれメチャクチャ
やばいでちゅよ!!
ピピ
とりあえず
テキトウな時間で
出てみようぜ
キィイイン

キィイアン
食わなければよかったな——
さっきのオレたちがいるぞ!!
タイムマシンで過去《かこ》に…
ここじゃないでちゅ! もっと先の世界でちゅ!
キィイアン
タイムマシン借りるぜ!
あ! タイムマシンを借りたときでちゅ もうちょっと先でちゅ
気をつけて使うんじゃぞ
違《ちが》うでちゅ!!
あ、アイちゃん!
ゴン
うげ!
違うでちゅ!!
ここも違う!
この世界じゃない!
もっと前だ
ダメでちゅー

いったいドコに行けばいいんでちゅかー!?
出発した瞬間《しゅんかん》の世界を当てるなんて…1/無限じゃねーか‥
まじかよ!
トニオ達が出発した瞬間の世界
こんなとこでぐだぐだやっててもしょーがねぇ!
違う時間の世界でいいから入《はい》り込《こ》んじまおうぜ!!
じゃぁそこの時間にいる違うボクたちはどうするんでちゅか?
んなやつら、追い出しちまえばいーんだよ!
キィイイン
行くぜ!!

4日後の世界
キィイイン
ねーいいじゃん いいじゃん
えー、どう しようっかな
着きまちたよ
彼《かれ》らと 入れ代わる でちゅね!?
ん?
なんでちゅか これ~
キィイイン
なんか中で サイケってるぞ
オラッ!!
ドッ
キィイイーン
わっ!!
ドッ
ドッ

あぁぁぁぁ
吸《す》い込《こ》まれるぅぅ！
あぁぁぁぁ
パンッ
違《ちが》う世界へ行っちまいな！
大成功《だいせいこう》でちゅ
俺《おれ》のアイデアだぜ？
ちくしょー!!
4日後のトニオたち
ドコだ？ココ!?
オレたちがいたぜ…!?
きっと時間の外側に追い出されたんでちゅよッ
ここ博士のタイムマシンの中でちゅ！
これからどうすりゃいいんだ？
ボクたちも同じことをすればいいんでちゅ
5日後の世界

オラッ!!
ドッ
キィイイーン
わっ!!
ドッ

5日後のトニオたち
何だ何だ!?
時間の外に追い出されたんでちゅよ
クソー! オレたちも同じことするしかねー!

その後も同じような連鎖《れんさ》が無限に繰《く》り返《かえ》され
過去《かこ》の世界から未来の世界まで様々な時間の様々なトニオたちは玉突《たまつ》き方式でずれていった
ドーン
ドーン
ドーン
ドーン
ドーン
ドーン
ドーン
ドーン

ちくしょーなんだよ!
いてて
ドコだ?ココ…
20年後のトニオたち
ここ、博士《はかせ》のタイムマシンの中じゃねーか!
時間の外に追い出されたんでちゅね
もっとどこかにいい時間はねーのか?
!?
スー
今度は2年後にしてみるでちゅ
!!

そして、世界に不満を持つトニオたちはみな
ひとつの世界にとどまらずよりよい世界を探《さが》し始《はじ》めた
よい世界はどこだー?
5歳《さい》10ヵ月16日8時4分3・59475の世界は……
銀行強盗《ぎんこうごうとう》をして大金《たいきん》を手にした世界らしいでちゅよ♪
お、いいなそれ!

5歳10ヵ月16日8時4分3・59475の世界
さーどう分《わ》けるかだな！
もち、3等分《とうぶん》っしょ
大金持ちでちゅ♪
ドッサリ
オレたちにも分けてよ！
!!
いやむしろオレたちと！
!!?
うっそ!!!
ってか交代しない？
いや絶対ボクでちゅー
いやオレたちだろー！
ぞろ
ボクでちゅよ！
違《ちが》うオレたちだ！
ぞろ
ぞろ
世界を交代しまちよ♪
やっべー!!
ぞろ

とにかく逃《に》げるしかねー!!
わーっ!
待つでちゅ!
…危《あぶ》なかった…
でも今ので結構《けっこう》、世界が開いてるはずだ
あそこに逃げよう…
お前たちは完全に包囲《ほうい》されている
…ここって…
…だよな…
銀行強盗《ぎんこうごうとう》の容疑《ようぎ》で逮捕《たいほ》する!
めぐりめぐって銀行強盗した世界に戻《もど》ってしまった3人でした
カチャ

地《ち》球《きゅう》儀《ぎ》

ある日――
トニオは、ドッコイたちを屋上《おくじょう》に呼《よ》び出《だ》した
おい、こんなトコに呼び出して、何すんだよ？
まぁ これを見て くだちゃい
！
ここに地球儀《ちきゅうぎ》がありまちゅ
でもただの地球儀じゃないんでちゅよ…
ものすごく精密《せいみつ》に作られていて街《まち》や建物《たてもの》まで再現《さいげん》されてるんでちゅよ
うおー超細《ちょうこま》けーじゃん！これ！

しかも
それだけじゃ
ないんでちゅ
実際の地球と
シンクロして
るんでちゅよ
はぁ?
わけわかんねー
どういう意味だ?
たとえば
でちゅねぇ…
?
ボクたちがいるのが
地球のここらへん
でちゅよねぇ
ブーン
ツン
!!?

…!!
ビリ
ビリ
何だ!? 今の揺《ゆ》れ!?
見てくだちゃい
街なくなってんじゃんッ!!?

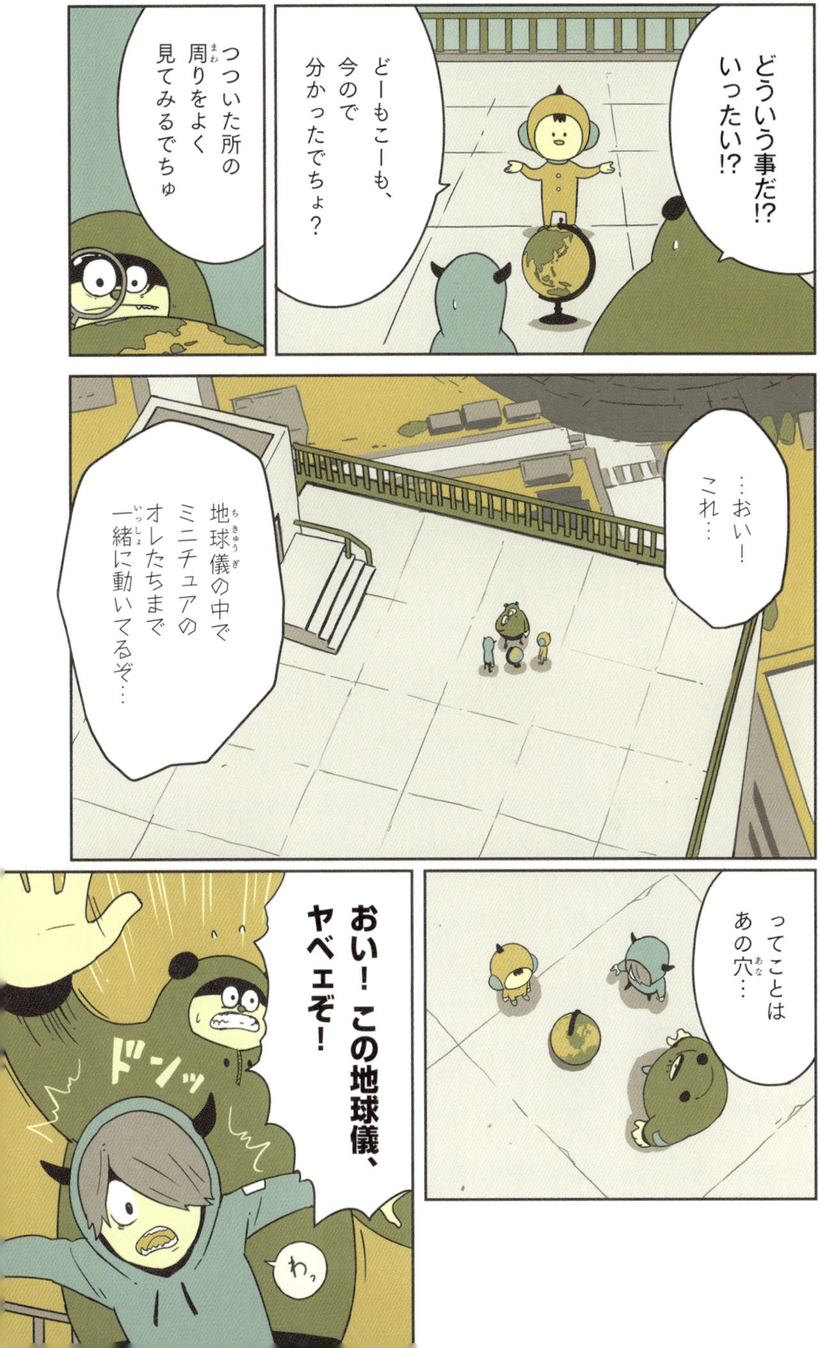
どういう事だ!? いったい!?
どーもこーも、今ので分かったでちょ?
つついた所の周《まわ》りをよく見てみるでちゅ
…おい! これ…
地球儀《ちきゅうぎ》の中でミニチュアのオレたちまで一緒《いっしょ》に動いてるぞ…
ってことはあの穴《あな》…
おい! この地球儀、ヤベェぞ!
ドンッ
わっ

ズポ
ズーン
!!
しまっ…!
!
大変です!
ただいま
緊急《きんきゅう》ニュースが
入りました…

ザ…
たった今、ニューヨークに巨大《きょだい》な物体が落下しました！
ザ…
街《まち》は多大な被害《ひがい》を受け、死亡者数《しぼうしゃすう》は…
あの物体って
なお、この巨大物体が何なのかは謎《なぞ》であり…
ストックの指じゃん!!
オイ！ やバイぞ！ ドッコイ！ どーすんだよ！
知らねーよ！ とりあえず抜《ぬ》くしかねーだろ！

あ！ 謎《なぞ》の巨大《きょだい》な物体が空に上がっていきます!! どういうことなのでしょうか？
そして今の衝撃《しょうげき》で街《まち》は、ほぼ壊滅状態《かいめつじょうたい》に…
オイ…何か大変なことになっちまってるぞ！
あーあ
あーこれは重罪《じゅうざい》でちゅね〜…たくさん死んだかもでちゅね
やべぇえ〜どうしよう…
ああ〜、バレたら、間違《まちが》いなく死刑《しけい》だなそれか世界中の人からリンチだぜ
いやだぁぁッ！
…ん？ でも考えてみるでちゅ

地球はボクたちの手の中にあるんでちゅから何が来ても怖《こわ》くないでちゅよ
?
ズン
トッ…
…大変です！今度は太平洋《たいへいよう》全域《ぜんいき》が…
…ばっ！お前やりすぎ!!
やべえって…

まぁ
いいじゃ
ないでちゅか…
ゾクッ
コイツ…
おかしくなってる…
あぶねぇ
逃《に》げろォ!

どこに逃げてもオ…
ゴオオオオ
ムダでちゅよッ!!

ゴォオオオ
!!
指いい!?
うわあぁぁぁぁぁぁ
ひょい

助けてぇぇ
ええええ
ああああああああ…
ああああああぁぁ
今、宇宙《うちゅう》でちゅね

ビュウ
キャッ
あ

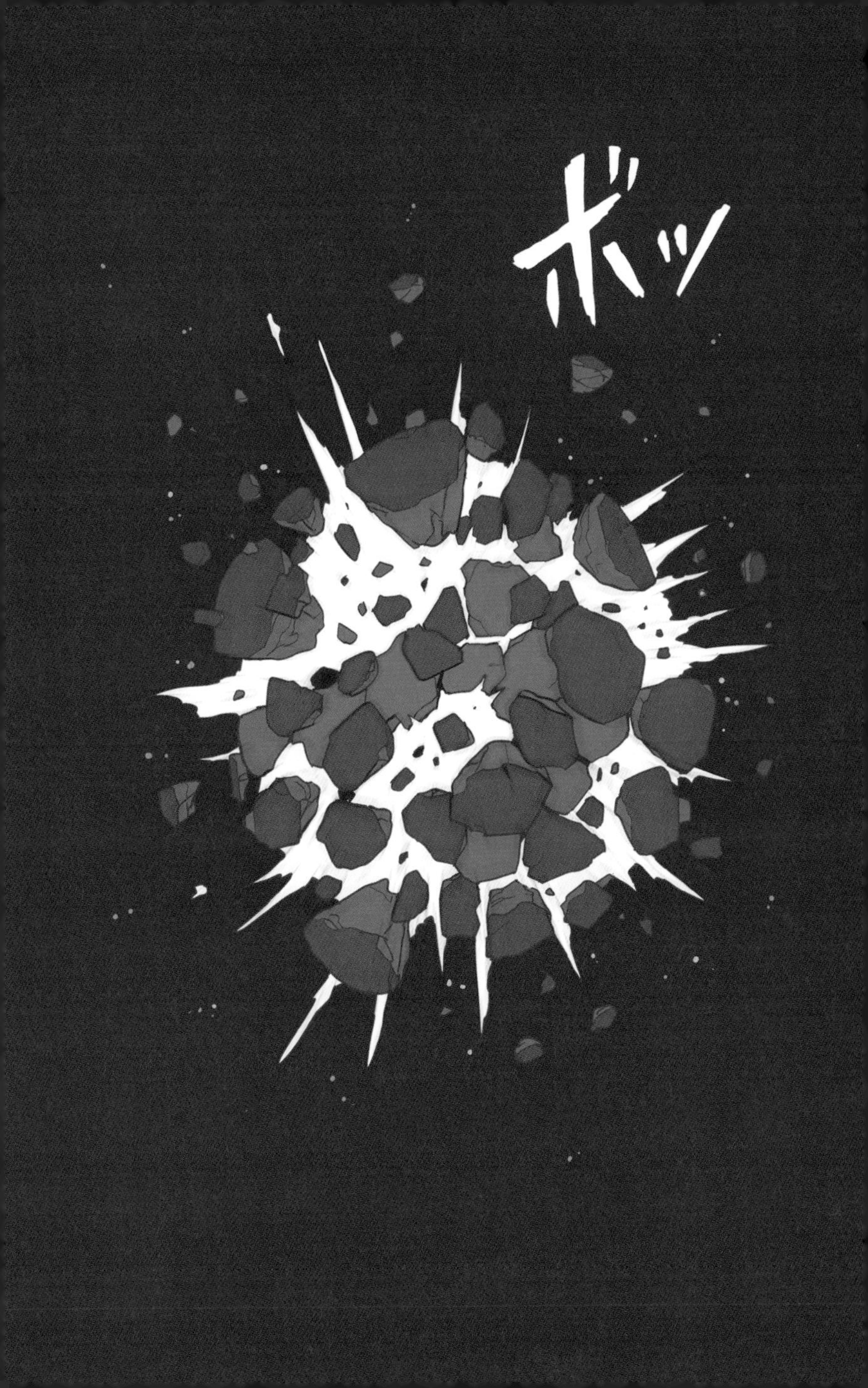
ボッ

こうして地球は、ドッコイとストックを残して爆発《ばくはつ》した
何が起こったんだ、いったい～！
宇宙《うちゅう》では今日も、多くの星たちが爆発と再生《さいせい》を繰《く》り返《かえ》している

セーブ

プァーー!!
!!
人生に下書きはない
——という格言《かくげん》がある
無意識に生活している
この一瞬《いっしゅん》一瞬が
人生の清書《せいしょ》なんだ
でもその日、
クルマにはねられた
俺《おれ》は…
ドッ

GAME OVER
ピッ
真《ま》っ暗《くら》な意識の中で人生をゲームのようにやり直せるようになったんだ…！
な、なんじゃこりゃあ!?
> セーブポイントからやり直す
> そのまま続ける
んなのやり直すに決まってんだろーがッ
ピッ
> セーブポイン
> そのまま続け
うおッと!!
イキナリひかれる前にもどったぞッ
パッ
どーする!?

こうよける！
ズッ
この日を境にセーブポイントから人生をやり直せるようになったドッコイの人生は大きく変わった
ヨッシャー！
たとえば、こーゆー時…
俺《おれ》とつき合おーぜ！
いいよ。今、彼氏いないし
あ〜ッ 俺が前から狙《ねら》ってたコがッ！
▼セーブポイントからやり直す
先に言っとこー！
俺とつき合おーぜ！
いいよ。今、彼氏いないし
ヤリィーッ！

そう、ドッコイは運命を選び直せるようになったのだ！
失敗してもやり直せるのだから、いつかは必ず成功する
大学入試はまったく勉強しなかったが34回目で合格
ヘッ もう答えを知ってるもんね
競馬《けいば》では全勝
ワー
楽勝！
休日を何回でもやり直せる
夏休み10往復《おうふく》目だぜッ！
いくらでもやり直せんだよなぁ…最高だぜ

そんなある日のこと…
私たち、もう別れましょ…
!
ここでの返事は重要だな！セーブしとくか…
バキ
!!
ゴッ

GAME OVER
おおおおおおおおおおおおおおおおッ
死ぬほど痛《いた》いぞッ。ってか、ふつうなら死んでるぞ!!
でもモチロンやり直しッ♪
!!
パッ
えっ、ここに戻《もど》るのかよッ
ゴッ
またかよッ!

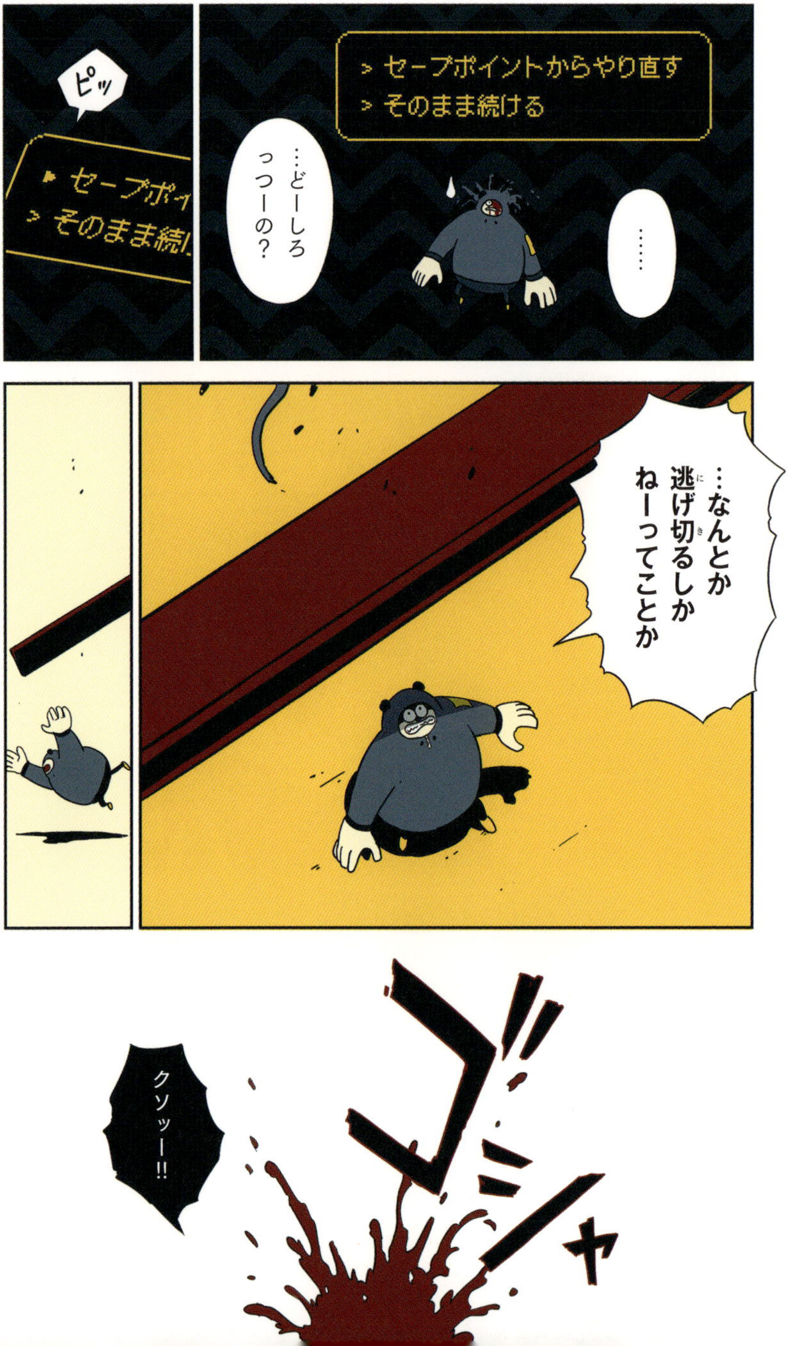

> セーブポイントからやり直す
> そのまま続ける
……
…どーしろっつーの？
ピッ
▶ セーブポイ
> そのまま続
…なんとか逃《に》げ切《き》るしかねーってことか
ゴシャ
クソッー!!

その後、ドッコイは527632回頭を鉄骨《てっこつ》でつぶされたのだった
もっと早くだッ
前ッ
右だッ
後ッ
ちくしょー！
ゴッ ゴッ ゴッ ゴッ ゴッ
そして527633回目の選択《せんたく》をしようとした時——
ピッ
＞セーブポイントからやり直す
＞そのまま続ける
＞最初からやり直す
‼
おおおお！新しい選択肢《せんたくし》がでてきたッ‼
これでこの地獄《じごく》の激痛《げきつう》ループから脱出《だっしゅつ》できるぞ！
もちろん
初めからッ
ピッ

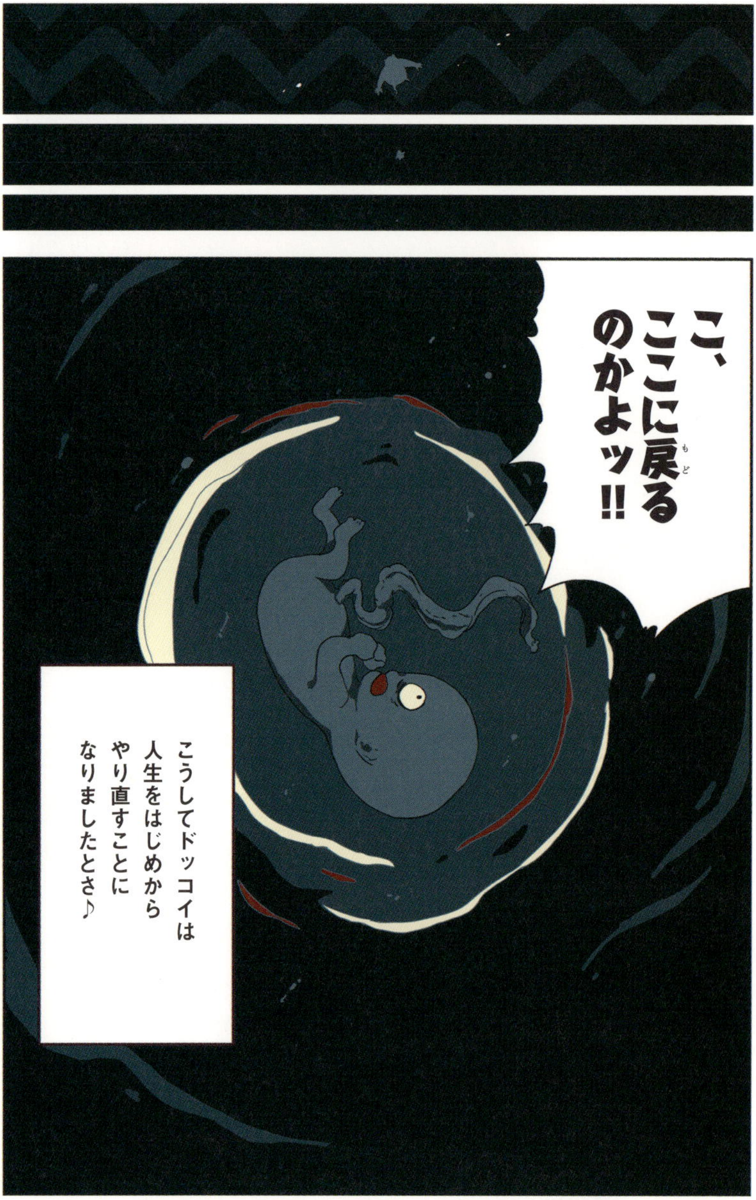
こ、ここに戻《もど》るのかよッ!!
こうしてドッコイは人生をはじめからやり直すことになりましたとさ♪

究極《きゅうきょく》の謎《なぞ》

我々《われわれ》はどこから来たのか。
我々は何者か。
我々はどこへ行くのか。
急に何言ってんでちゅか!?
とうとうボケちまったか…かわいそーに
やかましいわいっ!!
我々全人類の抱《かか》える、究極《きゅうきょく》の謎《なぞ》じゃ

化学、物理学、数学、
生物学、哲学《てつがく》の
最終的な目的は
それ・を理解する
ことなんじゃ
それがわかったら
人類史上、
最大の発見だぞ
で、「それが分かった」
と言って
その考えを人に
広めようとしているのが
宗教《しゅうきょう》じゃな
何一人で
力説《りきせつ》してんだよ
もう
いいでちゅ
さっさと
病院に
連れてくか
ちょ…!
ちょっと
待て!
知っとるか?
宇宙飛行士《うちゅうひこうし》には
宇宙から帰ってくると
宇宙飛行士を
やめてしまう
者がいるそうじゃ
大宇宙から小さい地球を見て
今までの価値観《かちかん》がちっぽけに
思えてくるんじゃろう…

たった一度きりの人生、
いつかは死んでしまう
なのに、なぜ自分はいままで
この地球の表面で
お金を儲《もう》けたとか、損《そん》したとか
出世《しゅっせ》したとかしないとか
そういうチマチマした
しがらみにとらわれて
いたんだろうか…
そもそも
我々《われわれ》人類って何なんだ？
何のために生きているんだ？
宇宙《うちゅう》って…？
そうやって、帰還《きかん》した
宇宙飛行士《うちゅうひこうし》たちは、
究極《きゅうきょく》の謎《なぞ》にぶつかり
その謎を見つめながら
宗教家や農業を営み
その後の一生を過ごして
いく者も多いという
そこでじゃッ!!
ワシはその謎を
解く方法を3通り
思いついたんじゃ！
おおお！
方法1
死んでみる
死んだ瞬間、脳《のう》が真理とシンクロし、
「あ、そういうことか」と直感的に
理解する。しかし、死ぬ
悟《さと》り度
100%

方法2
脳をレベルアップさせる
脳の情報の伝達はすべて電気信号で行なっているから磁場《じば》で適当に干渉《かんしょう》してやれば賢《かしこ》くなるかも…
脳の前頭葉《ぜんとうよう》（思考を司る部位）をレベルアップさせまくり自分が何であるか悟らせる
悟り度
5%
方法3
宇宙に行ってみる
いっそ自分たちも宇宙に行ってみたらわかるかも!?
悟り度
30%
そしてワシは、NASA《ナサ》の友人の力を借りて、方法3を実行しようと思うんじゃが…
マジかよ！オイッ!!
1カ月後
ゴゴゴゴゴゴゴ

マジで、宇宙《うちゅう》にきてんじゃん!! すげぇぇぇぇ!
ホントに無重力《むじゅうりょく》なんでちゅねー
さて、そろそろ悟《さと》りを開《ひら》こうかの…
…どうやって?
それはな…
ガコン
ゴオオオオ
こうするんじゃ!
悟りじゃなく、ドアを開くな!! すいこまれるぞ

スポーン

宇宙船《うちゅうせん》から
放り出されたトニオたちは、
とてもとてもきれいな地球を
見ました
地球は青かった
でちゅ
そして
自らのちっぽけさを
知るのでした…
でもここは
宇宙空間——
息が…
できないでちゅ…
く…くるしい〜〜
うすれゆく
意識の中で、
トニオたちはついに
気づくのでした—
!!

分かっちゃったでちゅ…
ボクたち登場人物だったんでちゅ!
ボクたちを描《か》かせている「ボクたち」も同じでちゅよ!!
物語の中のトニオたちが、それを描かせているトニオたちに告げた真実は、3人に衝撃《しょうげき》を与えた

ボクたちも登場人物
だったんでちゅね

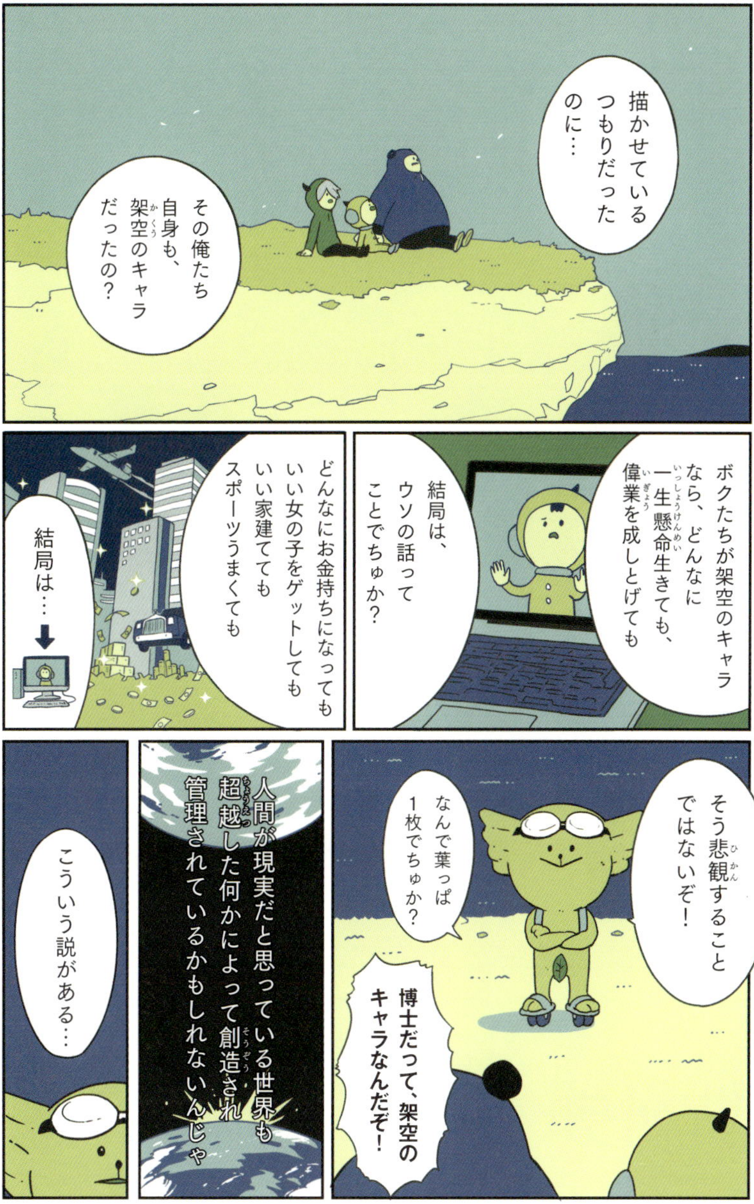
描かせているつもりだったのに…
その俺たち自身も、架空《かくう》のキャラだったの？
ボクたちが架空のキャラなら、どんなに一生懸命《いっしょうけんめい》生きても、偉業《いぎょう》を成しとげても
結局は、ウソの話ってことでちゅか？
どんなにお金持ちになってもいい女の子をゲットしてもいい家建ててもスポーツうまくても
結局は…
そう悲観《ひかん》することではないぞ！
なんで葉っぱ1枚でちゅか？
博士だって、架空のキャラなんだぞ！
人間が現実だと思っている世界も超越《ちょうえつ》した何かによって創造《そうぞう》され管理されているかもしれないんじゃ
こういう説がある…

宇宙《うちゅう》プラモデル説

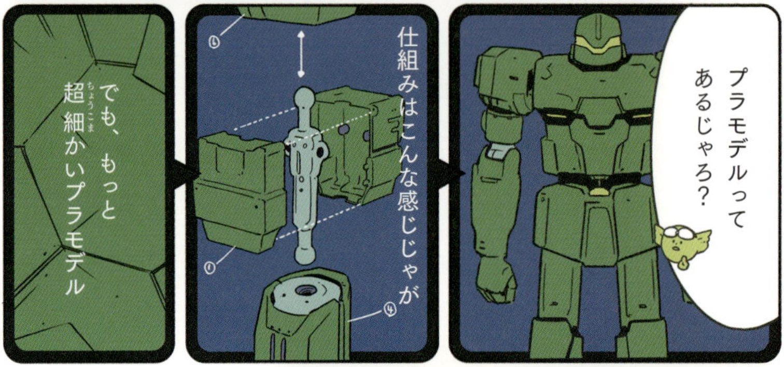
プラモデルってあるじゃろ?
仕組みはこんな感じじゃが
でも、もっと超細《ちょうこま》かいプラモデル

そう、こまッかーーくて、
自律《じりつ》して組み上がっていく
素粒子《そりゅうし》プラモデルが
ここにあるとするじゃろ?

何もない空間から

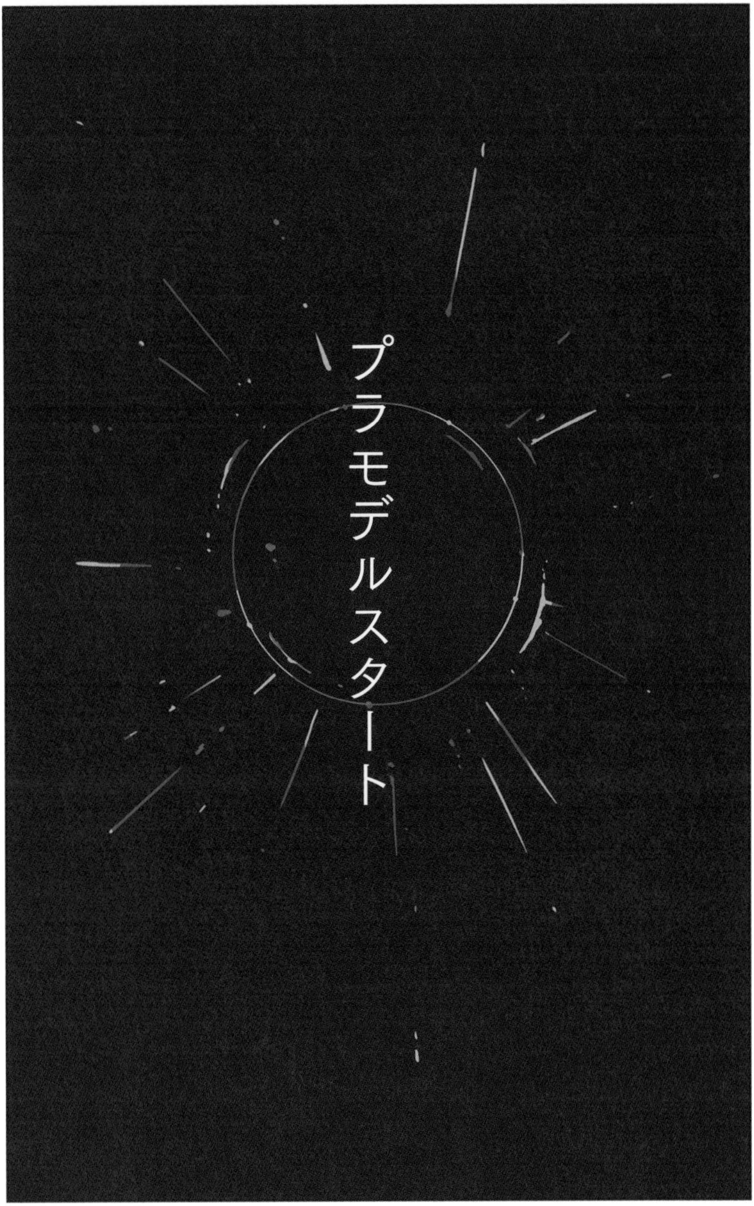

プラモデルスタート

最初は、単純《たんじゅん》なパーツから、プラモがはじまる。
でも、パーツが、結合とか分離《ぶんり》を繰《く》り返《かえ》し、
進化するように設定されている。
すると、そのうち、プラモ素粒子《そりゅうし》が結合し続けて、
石みたいになったり、さらに星みたいになったりする。
で、たまに、青い美しい星みたいなのもできる。

その青い星プラモは、
自分で複雑なプラモが作れる環境《かんきょう》にもなっている。
そこで最初、プラモ分子《ぶんし》から、
微生物《びせいぶつ》プラモができる。

そのプラモには、
自分で増殖《ぞうしょく》する機能がついていて、
「生まれて死んで…」みたいなことを繰り返す。

めちゃくちゃ壮大《そうだい》でちゅね、博士
まだまだこれからじゃい

何回も何回も、何千万回も。
そして、だんだん複雑なしくみになっていき、
より高度なプラモも現れる。

その高度なプラモは、
脳《のう》まで内蔵《ないぞう》されている。
でも、やっぱり、「生まれて死んで」を
繰り返すんじゃが、
臆病《おくびょう》だから、死ぬことを恐《おそ》れて、
「死ににくい環境を作ろう」
などと考えるんじゃ。

そして、何世代《なんせだい》にもわたって、
より死ににくい環境を作り上げ、子孫《しそん》プラモを増殖、
入《い》れ替《か》わりながら知識を伝承し、

自分たちの手で、
自分たちにやさしい環境《かんきょう》を作り上げていく。
経済《けいざい》とか法律《ほうりつ》とか、科学とか技術とか、
プラモなりに考えて、いろいろ作っていく。
そんなプラモのなかで、たまに、
こんなことを考える奴《やつ》がいる。

「我々《われわれ》はどこから来たのか。
我々は何者か。
我々はどこへ行くのか」

そう考えるプラモは、けっこう複雑じゃ。
でも、プラモには違《ちが》いないんじゃ。

元《もと》は同じプラモで、
組み立てられ方が違うだけ。
ただちょっと複雑になっただけなんじゃ。

高度なプラモだけど、
自分がプラモという自覚はない。
ふだんは、そんな疑問《ぎもん》すら考えない。

高度なプラモたちは、
それがふつうなんだと思って生活し、
プラモである自分たちで、プラモの社会を、
今日も一生懸命《いっしょうけんめい》組み立ている——

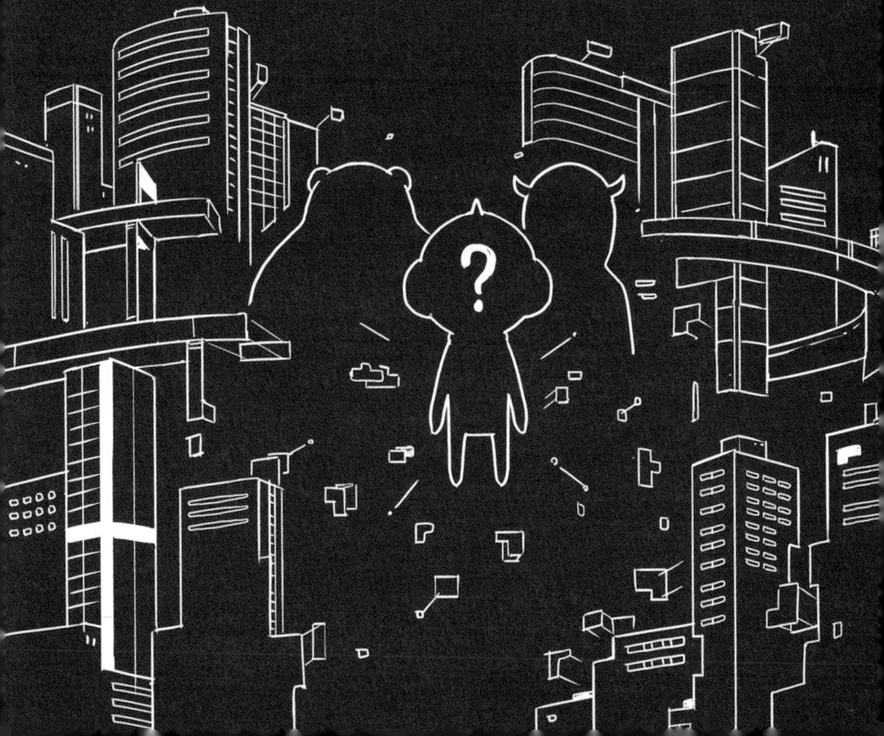

それが「人類」かもしれないんじゃ

プラモでできたお金を必死に集め、プラモの中にプラモの家を立て、それに満足して死んでいく……
人間も登場人物であるボクたちと同じでちゅね
バキッ
あ
人類付
宇宙プラモデル

いま、地球に、すごくたくさんの種類の生命プラモがありまちゅよね？
そうじゃな
今から5億年前に、カンブリア大爆発《だいばくはつ》というのがあって、生命プラモの種類が爆発的に増えたんじゃ
誰《だれ》かが、いろんな種類のプラモをほしがったんでちゅかね？
その頃《ころ》から海で生活していた生命プラモが、陸に上がったんじゃな……
陸に上がった原始的なプラモが、それから**5億年後**にこんなことを考えるなんて……
プラモを最初に設計した誰かにとっても、**意外な結末**だったでちょうね

第11話

ファンたち（改）

人気小説シリーズのイラストを担当《たんとう》するイラストレーターの自宅《じたく》のチャイムが鳴った。

ドアを開けてみると、そこには、3人の子どもが笑顔《えがお》を浮《う》かべ、立っていた。

「あ、あの、サインをください！」

そう言って、子どもの1人が、紙を手渡《てわた》した。

イラストレーターは、一瞬《いっしゅん》、とまどうような表情を見せたが、すぐに笑顔に戻《もど》って言った。

「サイン？　それよりももっといいものをプレゼントしてあげよう」

「サインより、もっといいもの？　それは何？」

子どもの1人が聞いた。

イラストレーターは、
目を輝《かがや》かせて答えた。
「今、描《か》いている新しい本のお話だよ」
子どもたちの目も同じように輝く。
「それは、どんなお話なの？」
「キミたちと同じような3人の子どもが、
物語の世界から、
現実の世界に飛び出して、
ハチャメチャな騒動《そうどう》を
繰《く》り広《ひろ》げるお話さ」

エピローグ

ピグマリオンとガラテアは、
その後、幸せな結婚生活を送った。
が、結婚生活も二十数年が経《た》った頃《ころ》、
ピグマリオンは、小さな異変《いへん》に気づいた。
ガラテアの顔にうっすらとシワが刻《きざ》まれていたのだ。
体型も、少し太ったように感じる。
ピグマリオンは、女神アフロディーテに聞いた。
「どういうことなんでしょう？
ガラテアが、完璧《かんぺき》ではなくなってきていますが？」
アフロディーテは、あきれたような、
そして、なかば、諭《さと》すような表情で言った。

「それが、生命《いのち》がある、ということなのです。
老いもすれば、姿形《すがたかたち》も変わる。
やがて、生命の輝《かがや》きも尽《つ》きるでしょう。
そのことを受け入れられないなら、
元の彫刻《ちょうこく》に戻《もど》すしかありません。
どうしますか？」
ピグマリオンは、思いつめたような表情で、
長い時間考え、そして言った。
「元の…元の彫刻に戻してください」
アフロディーテは、冷たい微笑《ほほえみ》だけを残して、
去っていった。
あとには、生命を奪《うば》われ、静かにたたずむ
彫刻たちが残されていた。
彫刻たちは、日の光を浴《あ》び、
まぶしく銀色に輝いていた。

- 菅原そうた

1979年生まれ。CG漫画『みんなのトニオちゃん』で漫画家デビュー。著書に『未知次元』。アニメ監督作品に『ネットミラクルショッピング』、『gdgd妖精s』シリーズ、『Hi☆sCoool! セハガール』などがある。

- usi

静岡県出身。書籍の装画を中心に、イラストレータとして活動。グラフィックデザインやWebデザインも行う。

- 桃戸ハル

東京都出身。三度の飯より二度寝が好き。著書に、『5秒後に意外な結末』ほか、『5分後に意外な結末』シリーズなど。

5億年後に意外な結末　ピグマリオンの銀色の彫刻

2018年7月10日　　第1刷発行
2023年5月12日　　第12刷発行

原作　菅原そうた
絵　usi
構成　桃戸ハル
発行人　土屋 徹
編集人　芳賀靖彦
企画・編集　目黒哲也
発行所　株式会社Gakken
〒141-8416 東京都品川区西五反田2-11-8
印刷所　中央精版印刷株式会社
DTP　株式会社 四国写研

[お客様へ]
【この本に関する各種お問い合わせ先】
○本の内容については、下記サイトのお問い合わせフォームよりお願いいたします。
https://www.corp-gakken.co.jp/contact
○在庫については、TEL03-6431-1197(販売部)
○不良品(落丁・乱丁)については、TEL0570-000577
学研業務センター　〒354-0045　埼玉県入間郡三芳町上富279-1
○上記以外のお問い合わせは　TEL0570-056-710(学研グループ総合案内)